男孩最喜爱的哲理美文

玲珑 主编

团结出版社

情感故事……

或伤感或甜蜜或浪漫或纯情的

这里，有最具有代表性的

畅想世纪的人生感悟，

这里，有启迪青春、点缀人生、

心灵独白；

让人馨香练怀久久不忘的

这里，有优美而浪漫，

最睿智的人生哲理……

最温馨动人的故事，

最优美华丽的文字，

UNITY PRESS

图书在版编目(CIP)数据

男孩最喜爱的哲理美文 / 玲珑主编. —北京 :团
结出版社，2014.1(2017.10 重印)
ISBN 978－7－5126－2326－2

Ⅰ. ①男… Ⅱ. ①玲… Ⅲ. ①散文集－世界 Ⅳ.
①I16

中国版本图书馆 CIP 数据核字(2013)第 302520 号

出　　　版 :团结出版社
　　　　　　(北京市东城区东皇城根南街 84 号　邮编:100006)
电　　　话 :(010)65228880　65244790(出版社)
　　　　　　(010)65238766　85113874　65133603(发行部)
　　　　　　(010)65133603(邮购)
网　　　址 :http://www.tjpress.com
E － mail:65244790@163.com（出版社）
　　　　　　fx65133603@163.com（发行部邮购）
经　　　销 :全国新华书店
排　　　版 :北京文贤阁图书有限公司
印　　　刷 :北京中振源印务有限公司

开　　本 :710 毫米×1000 毫米　16 开
印　　张 :15
印　　数 :5000
字　　数 :180 千
版　　次 :2014 年 1 月　第 1 版
印　　次 :2017 年 10 月　第 2 次印刷

书　　号 :978－7－5126－2326－2/I .875
定　　价 :39.80 元

前　言

　　一篇美文是生命中的一道独特风景,一篇哲理美文是启迪人生的一道信条。美文蕴含着生活的酸甜苦辣,沉淀着世间的悲欢离合,如蒙蒙细雨滋润着我们干裂的心田,然后我们的心田就会绽放出一朵朵与生命有关的花儿,仿如朝阳挣脱了黎明的束缚,光明在瞬间普照大地。

　　一则精练的故事,犹如一泓深邃的哲理清泉,静静流淌过生命的河流,在水与水的交融中我们依旧可以分辨出哪一朵浪花源自这泓清泉。充满哲理的美文可以帮我们打开生命的智慧之门;充满哲理的美文,教会我们用心去拥抱生活,用爱去燃点希望……

　　在生活中每一名男孩都想昂着高傲的头颅望着天际,每个人都想一生保持着这份高傲。然而在纷扰的生活面前,在杂乱的尘世面前,我们不得不低下高傲的头颅。虽然生活中的烦恼是无可避免的,但是我们可以做到心灵的沉静。每个人都渴望着轻装上阵,沉着地面对一切世间纷扰,潇洒地将一切纷扰挥掉。这时候我们需要一些前人的指引,从他们的生活中截取生活智慧,然后通过思考转化为自己的智慧。

　　本书选取了诸多经典哲理美文,内容涉及人生的方方面面。有些篇章睿智凝练,使我们年轻的心灵为之震撼;有的灵气十足,仿如青春的唯美画卷,静静铺在斑斓的土地上。本书有着曲折动人的故事,您在阅读本书之时,既可以感觉到轻松愉快的气氛,又能从这些故事中感悟人生的真实韵味,洗去弥遮心灵已久的尘埃。

目　录

那一季花开的芬芳

穿越黎明的黑暗迎接曙光

竖起梦想的风帆起航

男孩最喜爱的哲理美文

用思考推开生命之门

大话人间真善美

那一季花开的芬芳

小城楼台听雨声

柴秀文

　　喜欢听雨，喜欢躲藏在小楼台下静静地倾听，淅淅沥沥，淅淅沥沥，一下，一下，滴答不停。雨声如同音乐一样，在宇宙中形成一股旋风后飘浮在空中，飘浮在我们居住的城市。在一种巨大的力量推动下，雨滴伴随风的吹拂，渐渐成为一种交响乐。不知人们注意到没有，下雨的时候四周寂静，一般雨前有风，下雨时极少有风，通常都是静静的，这也是我喜欢听雨声的重要原因。

　　喧哗的城市，能够听到静静的雨声，心里或多或少都有一种寂静。喜欢听雨声，喜欢寂静，喜欢在寂静的夜晚倾听音乐。倾听《梁山伯与祝英台》，倾听《二泉映月》，倾听《牛郎织女》，倾听彭丽媛唱的歌曲，倾听宋祖英唱的《小背篓》，还有数不清的电影插曲，只要能在寂静的雨天倾听这些音乐就心满意足。然而更多的则是倾听雨声，倾听小楼台下的淅沥雨声，这些雨滴微不足道，可是每一滴都有一种安静，如同小夜曲一样在心里旋转。

　　夏天的晚上，通常是城市最寂静的时候，这一刻很多人都在家看电视，外面雨声有多大他们并不知道。可我知道，一到下雨时我就站在小楼台倾听，起初只有我自己倾听，后来不知从哪一天开始身边居然多了几个人，他们跟我一起倾听。小楼台下，寂静无声，除了淅沥细雨，还有静静的风声伴随雨共鸣。此时，我的心很静，四周很静，雨声与我的心一起跳动。说不清这是哪一年了，几乎所有这样的时刻都有我站在这里,倾听雨声,倾听社会变革的呼声,从这一刻开始我认清了风吹草动,知道自己应当与谁风雨同舟。有时我在想,雨声有什么魔力能让人一次又一次站在小楼台下,认真地倾听,其中的秘诀是什么。后来我明白了,实际上就是城市生活太喧哗,居民的日子太紧张,每天接触的人很多,逼得我们必须面对,于是倾听也就成为一种愿望。

说到这里有人会问,小楼台下是哪里?其实小楼台下就是我们日常生活的地方,只要注意每一个人都有这样的经历。当我们走下楼梯离开自己家时,当我们来到院子时,当我们漫不经心走在路上时,当我们开完会等待轿车时,都有类似经历。雨在下,虽然有人为我们举着伞,但也有没伞的时候,这时我们唯一能做的就是站在小楼台静静等待。等待是一种幸福,等待是一种愉快,等待是一种舍近求远,等待是一种恋恋不舍。尽管如此,每一个人都在等待,都站在小楼台静静等待。这时小楼台下的人没有喧哗,没有人搞争夺战,一个个极守规矩,哪怕刚刚开会时的战火也会在此刻烟消云散。可是这样的时刻是不多的,肩上的担子越重越希望站在小楼台下倾听,工作越繁忙越幻想淅沥细雨在耳边荡漾。这时的世界真静,心灵真静。

鲜花自有香气在

柴秀文

　　鲜花自有香气在,这话是谁说的? 我怀疑是我说的,因为这是我从生活中悟出的哲理。鲜花是什么,鲜花是自然界中的一种植物,它开放时会喷射出灿烂的鲜艳,还有灿烂的花香。因此,在自然界中,鲜花是最值得欣赏的植物。可是如果把人才与鲜花相提并论会是怎么样? 一个人不论干什么,哪怕位置极低,甚至是微不足道,可是只要他们努力就会有收获。如同世界上不论哪里有困难,只要有花在就会有香气,有香气在就会有人欣赏。如果人生就是一朵花,知识就是香气,这样的人生肯定会鲜艳。

　　说到这时读者可能明白了,人才与鲜花是可以相提并论的,他们的共同特点就是需要被珍惜被保护。在这里我想说的是,当一个人尚未被人重视和保护时,是不是也像花一样并没被人珍惜起来? 我想说是的花被人保护是因为它们有香气,人才没被发现之前也是有才华的,只不过在被发现之前还需要经过一段曲折或复杂的过程。这个时候人才也要想想当初花是怎么成名的,据说当年牡丹花就是因没被人欣赏而落选,后来经过一系列错综复杂的过程最终成为花中之王。我想说的就是人才在成功之前也要受各式各样的罪,也要经历各式各样的考验,有的来自生活,有的来自组织上。

　　其实一个人成功的原因很多,关键是是否有机会展示自己,鲜花有香气自然被人欣赏,人有才华同样被赏识。鲜花被欣赏是因为花香,人才被欣赏是因为知识。而知识是什么?这就是观念是否更新,是否更具有凝聚力。然而另一个问题让我琢磨很久:鲜花最容易被蜜蜂恋上,人才不也是如此吗?只要人有才华,用不了多久也会被人发现。当年的伯乐能识千里马,现在的领导也是识人才的,只不过他们不知道这个人才在哪里,所以一个人才如果想出类拔萃就要具有一定的忍辱负重的品质,等待成功。生命对一个人来讲很重要,更重要的是珍惜他人生命,如果连自己生命都不珍惜如何珍惜他人生命,又如何珍惜他人才华呢?写到这里时,有人可能知道我写作的主题了,知道我为什么写出这篇文章。要知道人才是什么,鲜花是什么,人才与鲜花都有同样的遭遇,关键是他们的耐心。实际上我在这里提的是,一个人要有持之以恒的信心,不论社会能埋没自己多久,只要有信心在就会有出头露面的机会。一个作家写出很多作品最后成功的例子数不清;一个科学家努力研究最后终于有了科研成果;一个伟大的政治家经过长期刻苦摸索终于有了管理社会的经验……这样的人,这样的事,在社会变革中数不清,他们的成功就是一朵鲜花,只要生存着迟早有开放的时候。

我不知道一个人才能忍辱负重到多久,因为我没有这方面的经历,我的生活,我的工作,我的家庭,都是祥和美满的。然而帮助一个人成功是我义不容辞的责任,帮助苦难百姓度过危险期是我的责任,帮助员工寻找幸福是我的责任。我不唱高调,只要有我帮助过的痕迹,有我用得着的笔墨,哪怕是为他们说上一句同情的话,道上一句祝福的语言我也是心甘情愿的。我的笔从来都有一种同情,我的心向来拥有一种责任,我的行为真的是在诚心诚意地帮助人,帮助那些需要我帮助的人们。我知道我的笔微不足道,可是我的心是诚心诚意的,我的血是沸腾如潮的,我的言而有信是对朋友们忠诚的友谊,在此我无愧地说我努力了……

鲜花自有香气在,还有另外一个提法:就是国家与国家之间也是如此,也有忍辱负重的时候,也有压抑的时候。当中国被一些国家联合包围时,中国就

男孩最喜爱的<ruby>哲理<rt></rt></ruby>美文

是一朵鲜花,虽然有人得不到鲜花,但鲜花的香气已经远播,全世界必将闻到中国这朵花的香。

寻找记忆的声音

柴秀文

人生除了寻找知音外,还需要寻找记忆的声音,寻找熟悉的声音,这样当生命即将结束时能够无愧地说我对得起自己,对得起自己的人生。有时寻找是一种休息,也是一种消耗,人只有在寻找中才能消耗自己过剩的精力,消耗就是一种解脱。人在努力的时候,消耗是第一位的,当所有努力都有回报时,消耗便显得不怎么重要了,得到的就是获取那些剩余价值。

剩余价值是政治经济学中最有学术价值的存在,是书的中心,如果没有剩余价值理论可能就不会有马克思列宁主义,这就是社会主义的来源,也是真正的马克思列宁主义。当然,我并不是讲马克思列宁主义,我是在写一种哲学,马克思列宁主义就是一种哲学,也是社会主义的真正理论根据。年轻人并不知道马克思列宁主义是哪个,也不知道社会主义存在哪些理论,他们知道的可能就是游戏机,就是电脑,就是网络,甚至连文学书籍都少读,哪能有闲情逸致了解马克思列宁主义,了解社会主义?因为年轻人不知道,所以还需要帮助他们寻找,帮助他们在寻找中树立一种社会主义信仰。

寻找记忆的声音,就是让年轻人知道老一辈人干过什么,知道他们辛辛苦苦打下的江山是如何来之不易。有时因为工作忙碌,对记忆缺少回顾,每天面对社会上各式各样的矛盾和问题真的是有些应接不暇。然而当沉静下来后,发现我们知道的年轻人不知道,我们熟悉的年轻人不熟悉,甚至我们做了哪些好事年轻人也不知道。而且他们经常是振振有词、夸夸其谈。由此可见,寻找记忆的声音是多么重要,寻找那些过去的岁月送给年轻人让他们知道世界上还需要什么,还有哪些人在期待着他们,希望他们有所作为。前苏联崩溃前,情报部门曾经提醒戈尔巴乔夫说现在年轻人对党组织失去信心,绝大多数年轻人不愿意入党……虽然他们很警惕,但他们终于没能挽救前苏联的崩溃和解体。改革开放后的中国也有乱七八糟的现象,杂乱无章的政治见解应有尽有,这样的现象难道不应引起警惕吗?

有一首歌叫《没有共产党就没有新中国》,还有一首歌叫《国际歌》,这两首歌代表着共产党员的信仰。这个信仰年轻人知道吗?这个信仰年轻人还需要吗?这个信仰年轻人还能坚持吗?能坚持多久?寻找记忆的声音要的就是这种信仰,要的就是对信仰的坚守,要的就是对信仰的崇敬。可是在搞活经济的环境下,在一切以钱财为中心的社会变革下,这种信仰还需要坚持吗?我不敢说,然而我敢怀疑,怀疑是没有错的。现在的人有一种病态,以为有了钱财什么都有了,实际上有了钱财照样什么也没有。有钱财没价值,有价值没钱财,这样的现象到处都有随时随地都有可能出现。如何让这种病态成为温暖?不知有谁注意到人世间是有数不清的温暖的。不论有钱的还是有权的,温暖随时随地都有,哪怕一件微不足道的小事也存在温暖。可是病态能成温暖吗?寻找记忆的声音就是要找回这些温暖,找回那些过去的欢乐,找回有关国家与民族的信仰,这是时代给予我们的使命。

寻找是为了生存,社会变革也是为了生存,只不过这种生存是适应老百姓的。生存的目的是什么,是为更多人生活得更好,还是为个人利益?这里有一个分水岭。具有共产主义信仰的人,具有共产党员责任感的人,他们的信仰与众不同。在这一点上,回顾岁月就可以一目了然,比如在过去的一年里,中国文坛发生着天翻地覆的变化。围绕着纪念建党 90 周年,辛亥革命 100 周年,西藏和平解放 60 周年,出版界推出一大批主题鲜明,导向正确,思想性、艺术性、耐读性俱佳的出版物。与此同时,1397 个代表国家水准的重点出版项目圆满完成。它们记录了历史,传承了文明,服务了读者,在一定程度上满足了社会需求。报刊改革也在整体推进,关于深化非时政类报刊出版单位体制改革意见出台,明确了改革的路线图、时间表和任务书。这些变化在记者的笔下已经成为现实,也是寻找的结果,中国老百姓喜欢这种寻找,也喜欢在寻找中高声唱歌,或多或少这就是记忆的声音。

我只比你快几秒

张誉潇

有一次跑步,同学在前,我在后,可是快到终点站时我超过了同学。当同学问我是如何跑到他前面时,我说我就是紧紧跟随你,只要你能坚持我就能坚持,你跑多远我也能跑多远。同学又问:"你是如何跑到我前面的?我怎么没有感觉?"我告诉同学:"我并没有跑到你前面,我只是紧紧跟随你,当我们就要到终点站时,我才加快步伐。其实我只是比你快几秒……"

同学十分吃惊:"我以为自己一直是领先的,没想到在最后关键时刻你超出了我。"同学说的话让人思索,在他的心里可能他是第一,没想到比赛结果发生变化,我成了第一。在此之前他一直以为自己是第一,没有人能追上他，实际上在他这样认为时已经有人追上他了，只不过他没看见。其实同学的吃惊是对的，人生有时就是这样出其不意，在一个单位共事，同事之间有竞争，说不上哪个人一夜间就被提拔。虽然提拔得让人吃惊，但也让人思索，毕竟这是一次人生竞争。我想说的是人生有时就是一种竞争，谁的人际关系好谁就有可能被提拔，谁的竞争能力强谁就有发展。其实人与人是平等的，关键也是几秒钟，只要把握最后的几秒钟，胜利也离人不远了。现实生活中，类似这样的事数不清，有人只是把握机会，有人却错过了机会，而时间仅仅几秒。

　　我提出这个问题就是想告诉朋友们：人生有时就是一种把握，机会来了把握住。为什么有人干什么成什么，为什么有人干什么失败什么，这里面的问题就是把握尺寸。把握得好成功的机会就高，把握不好成功的机会就低，失败与成功就在把握中，这是所有人必须明确的，弄不好就是功败垂成。其实我与同学只是一场比赛，在同一条跑道上，每一个人都在自己的跑道上跑，这时谁都有可能是第一名，外人看见的也是如此，都有名列前茅的希望。可是如果跑在弯道上，名次显而易见，你不想第一也是第一，因为外人看见的是谁在前面跑。问题是你如何第一，如何让外人知道你已经是第一了，这就需要跑在第一的位置。生活中不是处处是第一，也有名落孙山的时候，也有跑到最后一名的时候，因此第一只是借口，真正的只是快几秒。

男孩最喜爱的哲理美文

五月的憧憬

张誉潆

　　五月是鲜花盛开的季节，在这样的季节里我们想干什么，是旅游吗？可能都有这样的想法，可是到哪里旅游？旅游的目的地是哪里？这些看似小的问题，实际上涉及到哪里生活，到哪里观光，更涉及近一段时间自己的业余生活方式。用不着说什么，没有人不愿意旅游的，没有人不愿意换一个崭新的生活方式。五月有多少河在流，有多少水在淌，有多少鲜花在开放？

　　对我来说，五月更是我的憧憬，在崭新的地方旅游，换一种新鲜空气，听鸟鸣，看泉水，赏树木。抽空写出一篇散文，留给幸福的人们，留给亲爱的读者朋友，更留给那些心旷神怡的山岭，耐人寻味的河流。如果有时间，再拍几幅照片，为幸福锦上添花。

　　五月是红色的，有五一劳动节，这样的节日不知过了多少，现在回顾起来仍旧是心花怒放，扬眉吐气。只有劳动者才有的节日，只有劳动者才能感受深刻，红色的五一节聚集着一种骨气，聚集着一种民族精神，在这样的节日里谁能不感受深刻呢？

　　五月的憧憬，是在寒流过后的季节，是鲜花遍地的时刻。可不可以说，五月，我们来了。五月，世界来了。每年的五月，都有数不清的人旅游，鲜花开放，绿草青青。看见这些情景，谁的心里没有憧憬，谁的脑海里不浮想联翩。

　　五月是谁的，五月是你我的，五月又是世界的。憧憬五月是为了生存，憧憬五月是为了人生，憧憬五月又是为了国家。当五月来临时，预示着一个崭新的世界来临了，春风来了，绿色来了，跟随着夏季也来了，这样的季节谁不憧憬呢？就是在这样的季节里，人生有了愉快，生活有了幸福感，工作有了优越性。想今朝，看未来，谁的心不是此起彼伏，谁的心不是沸腾如潮。

　　来吧朋友们，带着幸福走入春天，带着幸福走入夏季，带着幸福走入五月，带着幸福走入温暖。

我是一只小小鸟

张誉潆

　　在人生的路上，我就是一只小小鸟，不论飞翔到哪里都要返回家中。一只鸟是没有什么力量的，每天飞翔只是为了生存，可是生存也是有条件的。环境是否污染，树林里是否有巢，河流是否清澈，山有多高，能否飞过，路有风险，能否躲避。我是一只小小鸟，我的生存目标就是飞翔，在这个飞翔过程中是否遇险，是否碰到各式各样的困难，一切都不可知。

　　蓝天很美，是给鸟准备的吗？一只鸟能飞翔多远，能飞翔多久，谁也说不清，只有鸟自己知道。如果说鸟为自己的目标努力飞翔，不达目标不罢

男孩最喜爱的哲理美文

休，这是一种精神，那么始终不渝地飞翔就是另一方面的问题了。假如有一天鸟飞不动了，怎么办，是停滞不前，还是落下来。如果我是一只鸟我就要休息，只有休息好了才能继续飞翔，如果是另外的原因呢，假如有阻碍飞翔的事发生还需要飞翔吗？对于我来说，鸟是有大有小，而我只是一只小小鸟，尚未有大的飞翔目标。在飞翔的路上，随时随地都有困难发生，都有阻碍，可是只要坚定自己的信念，坚守自己的目标就能勇往直前。如果遇到困难，看一看天空是多么的蓝，云彩是多么的美丽，这时再看一看自己飞翔过的线路，还有什么样的困难不能克服呢？还有什么样的艰难险阻能阻挡前进的步伐。在此我想提醒朋友们，不要以为进步就是一条艰苦的线路，有时也是锻炼人的，尤其是锻炼人的意志，锻炼人的思想，当各式各样的困难接连而来时，只要人的意志不倒困难就会倒，这是自然规律。前进意味着什么，军人的步伐就是冲锋陷阵，小鸟飞翔不也是如此吗？

我是一只小小鸟，就要克服各式各样的困难，勇于探索朝前闯。其实人生也是如此，随时随地都有阻碍，可是不能因为有阻碍就不努力，不能因为有困难就丢失信心。有困难并不可怕，可怕的是自己不努力还阻碍他人努力，更可怕的是第一次受阻再也不敢前进了。要有一种我是一只小小鸟的精神，能够适应各式各样的情况，适应各式各样的环境，在各式各样的困难中迎战。记住我的忠告，成功是为有准备的人准备的，如果不努力不争先恐后，即使有优越的条件最后也会失去，这就是小小鸟的忠告。

时光属于你和我

张誉潆

时光是最无情的，因为它不属于自己，时光属于谁，这是一个神秘的话题。然而，时光有时也是属于自己的，你利用好了时光，等于利用了生命，这时的生命是属于自己的，时光理所当然属于自己，属于自己生命中的范畴。时光是什么，是一分一秒吗？是，也不是，时光用分钟算有些得过且过，然而时光用每一天算有些小题大做，因为它并不属于哪个人，哪个生命。

时光属于谁？不属于人类，然而人类缺少不得。时光也不属于哪个动物，不论野兽多么穷凶极恶，也需要时光。哪怕一棵小树，小草也是如此，每天都有阳光照顾，它们在阳光关照下生存得异常地好，可是时光也不属于它们。时光到底属于谁，属于人类，属于全世界，属于所有宇宙，也属于一切有生命没生命的事物。亿万年前时光就是如此，亿万年后时光也是如此，有人类与没人类时光都如此，亿万亿万年后时光仍旧如此。如果时光放大了是不是静止的，有地球时有时光，没地球时还需要时光吗？

时光不属于哪个层次，可是哪个层次都有时光，只不过认可的程度不同。现在的人只知道时光宝贵，并不知道珍惜时光，他们劝告别人珍惜时光，可是轮到他们时浪费时光现象比谁都严重。为什么自己不珍惜时光，也不珍惜他人时光呢？如果不珍惜自己的时光是不是也是破坏他人时光呢？我想在这一点上是有可能的，不珍惜自己时光的人同样不可能珍惜他人时光，不珍惜他人时光的人同样不可能珍惜自己的时光，这就是人生的辩证法。也许有人会说时光不是我的，我怎么可能决定时光属于谁，又如何珍惜他人时光。其实不然，虽然时光不是属于哪个人的，但时光是公用的，不论哪个人都有时光，这还需要怀疑吗？谁没有时光？是大人没有，还是小孩子没有？都有，由此可见，时光对人是平等的，只不过利用时光的概率让人思索。为什么有人长寿，有人短暂，难道他们缺少时光吗？不是，他们并不缺少时光，有时他们的时光比其他人还要多。时光与人的长寿有关系，与贡献没关系，不是长寿就有贡献，而是从贡献看价值。当年的战斗英雄牺牲时都有贡献，现在的很多老年人他们都长寿，贡献并不大。

其实，时光是共有的，关键是如何利用时光。年轻人利用时光创造了价值，老年人利用时光也创造了价值，关键是他们利用了多少时光创造了多少价值。生命给人只有一次，时光给人的机会数不清，随时随地都有创造性，这就是时光的好处。珍惜时光的同时也要利用时光，让时光为自己服务，让时光为自己服务的同时也同样为他人服务，这才能让时光真正属于自己。

心有青春不会老

张誉潆

经常听见老人劝告，珍惜青春吧，否则再过几年就是我们这样的年纪了。青春真的会老吗？我怀疑，可是我也认定，虽然每一个人都有青春，但青春毕竟只是暂时的，谁也不可能永远保持青春。我也是如此，也有老的时候，可是岁月告诉我青春永远不会老，只要保持青春的心态，保持青春的美好，心里的青春永远不会老。请记住，是心里的青春，心有青春怎能老呢？

心有青春不会老，这不是口号，是社会经历，也是人生体验。一个人是否拥有青春，不在年龄，而在于心灵，在于心灵是否拥有青春。心有青春的人怎能老呢？我不知道他人是如何想的，我对青春的看法是认定，不论在任何情况下只要心里有没有也有，只要心里没有有也没有，这话是以前一个著名诗人在他赠送给我的书时题的字，现在想来他说得对。其实从自然情况看，人是会老的，这是自然规律，谁也不可能长生不死。可是在心理年龄，人就有可能长生了，精神永存不是胡言乱语。

在社会生活中，人的寿命是有限的，可是在社会实践中人的生命力是无限的，当一个人把自己的生命贡献给壮烈的事业时他们的生命力是无限的，当一个人始终不渝为自己的私心杂念搞争夺战时他们的生命是有限的，这就是检验生存的标准。从现在生存情况来看，中国老年人的长寿已经成为一种

趋势，再过十几年中国老年人将达到 2 亿多，这样的现象不能不引起关注。可是仅靠年龄长寿是不行的，心理上也要长寿，精神上更是如此，只有心理上长寿了精神上长寿了年龄上才能真正长寿。我在这里提出这个问题，实际上就是想方设法告诫那些希望自己长寿的人要争取时间多活几年，不要怕病痛，不要怕辛苦，生存就是胜利。其实很多老人并不知道生存也是很辛苦的，有时生存就是一种困难，动不能动，吃不能吃，想干什么也不能随心所欲。

其实看一个人年龄是否老了，不是看年龄有多高，而是看心态有多高，年龄大了心态好同样是年轻的，年龄不大心态老了同样是年老的，所以看一个人年龄不要仅仅看年龄，要看精神状态，看心理素质。研究表明，很多老年人心理素质极差，经不起一点风波，如同他们的身体一样已经病入膏肓，这样的老人即使年龄不大也是老了。而另外的老人，每天愉快，精神振奋，这样的老人年龄高了也是年轻。同样是生存，为什么不让自己年轻不让自己精神愉快呢？欢欣鼓舞度过岁月一成不变不是更好吗？

我觉得现在教育研究要研究两类人：一类是年轻人，一类是老年人。年轻人是正常的研究现象，老年人研究是新的研究领域，老年人的心理素质十分需要研究，他们很脆弱，最需要心理辅助。由此可见，研究老年人中国教育很需要，也很必要。

歌声是生活的酒

曹嘉楠

歌声是生活的酒，在现有的酒中，有葡萄酒，有白酒，有玉米面酒，有玫瑰酒，然而，哪一种酒也没有生活的酒浓厚，哪一种也没有真正的歌声纯正。生活的酒有滋有味，越品味道越纯，越品味道越芳香，真正的歌声如同生活里的一丝酒，喝起来才知甘甜。有人说生活是酒，歌也是酒，话没错。歌声是河里的鱼，河里的水，听起来舒服，流起来潺潺，血和水相交，成为欢乐的歌，所有听见这样歌声的人都兴奋，鼓掌，欣喜，就连那些长满胡子的深山猎人也是如此。

生活如山，歌声如酒。千山万水都走遍，只有耳边的歌声阻不断，阻不断心灵与心灵的碰撞，阻不断灵魂与灵魂的沟通。歌声是什么，是劳动者的号子，是纤夫的爱，是人生的智慧，是生命的信仰，歌声如同一挂真正的钟，每一次都敲得心头嗡嗡响，迫不及待勇往直前。当我的生命有歌声的时候，我知道自己的歌声还需要有人帮助才能唱起来，还需要数不清的汗水才能浇灌起来。这时候我告诫自己努力吧，不要怕自己不会唱歌，不要怕自己不懂音乐，只要把握生命的琴，总有听众到来的那一天。

我讨厌跳舞，讨厌在生活水平还不高的情况下过着花天酒地的生活，在我看来，舞台有歌，不是心灵的歌，而是偷欢的歌，是醉生梦死的歌。商海有

男孩最喜爱的哲理美文

歌，是见异思迁，见利忘义的歌，是耳闻目睹的歌，也是期货放任自流的歌，有这些歌在，我能好吗？实际上，我心中也有一首歌，这是祖国统一的歌，是义无反顾的歌，也是不屈的歌。我的歌在我心中是有地位的，是北国冰封的雪橇，是南国田野的麦浪，是深海中的航标灯，是山与山之间的地界，更是我心中的一面旗帜，一面共和国的旗帜。

生活也是一杯酒，喝得多消费也多，关键是喝什么样的酒。有人喝酒是为解忧，有人喝酒是为庆功，有人喝酒是为各式各样矛盾。我心中的歌不是古道西风瘦马，不是大漠孤烟，更不是黄河江边卷起的泥沙，而是一种强劲的雄风，是辉煌的未来。一直以来我为生命的酒陶醉，我知道生活是复杂的，歌声是美丽的，只要坚持没有谁能阻挡唱歌，没有谁能阻拦生命的轮船。此时此刻，生命与歌，生活与酒，都有着自己的特点。这时我才有张扬的机会——啊，我心中的歌声是生活浓厚的酒，是胜利的保障！

走在西湖的路上

曹嘉楠

经过杭州，顺便来到西子湖，这是闻名遐迩也是我早就想来的地方。有人说过，上有天堂，下有苏杭，杭州就是其中之一。在品读杭州的路上，看见很多美景，心里羡慕。映入眼帘的景物让人神采奕奕，努力寻找诗情画意，欣赏湖光山色。

这是一个夏季，是我参加一个培训班临时安排的活动，原不想来，可是受不了杭州的诱惑，既然来了就要看看杭州市的美景。驻足在湖边，看杨柳树下风景，台阶前有小河流水，空中时而飞过几只小鸟。此情此景，真的有些仙人仙境：远看山岭葱茏，应接不暇；近看水光潋滟，目不暇接。这两个形容词放在这里真的有点不伦不类，可是实在找不到更好的词，只能是词不达意。走在西湖的路上，边走边品尝手里的西湖小吃，无论怎么走都是风景别开生面，心生感动。有船在湖面荡漾，轻轻地行驶，如仙如境，看着就让人清爽和惬意。在船的周围，偶然掀起微微的浪花，波光粼粼。西湖不大，真的有名，西湖不在有名，而在湖美。

走在西湖的路上，眼里总有各式各样的思索，看天空鸟类飞翔，散落在亭台楼阁中间，真是蓝天碧水交相辉映。看着美景胜地心生感叹，难怪当年的苏轼写出"欲把西湖比西子，淡妆浓抹总相宜"的著名诗句，原来他是把西湖比喻为女孩子，这才写出千古情调。还有不知谁写出的"山外青山楼外楼，西湖歌舞几时休"的诗句，也把人心撩拨得心花怒放。实际上，我在这里经过并没有什么奇思妙想，只是联想到历史上的几个人物，他们才是杭州市闻名遐迩的典型。值得多说一句的是，不是谁都可以被人写的，也不是哪个城市都有写作对象，有的城市风景这里有别处也有，景不在意，在意的是人物，是历史。

走在西湖的路上，我似乎看见了历史潮流的拐点，数不清的风流人物在这里折价，丢失了多少英雄本色。现在我走在这长长的堤上，看历史潮流扭转，中国的历史故事很多都是在这里发生的。最有名的岳飞就安眠在这里，精忠报国的故事谁人不知，谁人不晓。尤其是那首气势磅礴的《满江红》更是惊天动地，忠君忠国忠家，这样的英雄代表只有岳飞了。曾经有人提出怀疑，说这首诗不是岳飞写的，谁写的并不重要，关键是岳飞这个人爱憎分明的英雄主义性格值得学习，民族思想值得学习。

走过长堤，走过历史，西湖抛在脑后，可是历史潮流仍旧滚滚而来，在人心中潮起潮落。很多时候人的思考是打不开的，不论走在哪里，不论地区之间有多少差距，人与人之间，城市与城市之间，哪怕是风景与风景之间都有距离。比如走在西湖的路上，有的人看见的可能是风景，有的人看见的可能是历史，有的人看见的可能是战争，而我看见的则是人内心深处的感受。

梦中的山沟秋色

曹嘉楠

梦中的山沟秋色是什么样，是如画一般的风景吗？是和风细雨的风景吗？是，又不是，或多或少都有。俗话说日有所思夜有所梦，如何想的我知道，如何梦的我不知道。眼前有一片风景，曾经进入我的梦中，眼前的风景是梦想中的风景吗？说不清，是，又不是。是梦想，还是画面，或者是秋天的山沟，一系列的现实让我朦胧。山沟秋色应当用什么样语言描述，是用现代流行语，还是用时尚的炒作，其结果都有不可协调的作用。既然是在梦想中，用不着愁，即使秋色没了，还有冬天的韵律。

山沟不大，我的心很大，山沟无色，我的心充满绿色。每天傍晚，劳累一天的山沟开始休息，此时万物寂静，透过远山的朦胧，穿插近处的路线，在或远或近的状态下，看清明月下还有多少山沟需要绿色，还有多少村庄需要绿色。曾几何时，就在这山沟里面，有一个扎着羊角辫的少女担着水桶走出家门，身后紧紧跟随着一条狗。从山沟走出来，这里是进山的必经之路，绕过几家茅屋，走过几个窝棚，朝近处的泉水走去。也许泉水旁有人等她，步子很快，桶在肩膀上颤动。每天从山沟走出来，奔向自己的家，再朝山沟里走去，无限循环，在艰辛中度过着富裕的日子。这是一个多情的岁月，多情的人，也是多情的村庄。

　　山沟的夜晚就是在电视中度过的，彩电放出各式各样光彩夺目的射线，里面是北京声音或全世界的声音，还有各式各样图像。山沟里的人躺在被子里看电视，比过去浪漫多了，充分享受现代文明的熏陶，凭这一点还有比这更浪漫的吗？没有了，我的梦想没有浪漫，有的只是吃苦，有的只是困扰，年轻人在老一辈的帮助下离开苦难，然而新的苦难接下来带动年轻人的仍旧是苦难。为此我为自己庆幸，为自己不是乡下人庆幸，毕竟我没有这些苦难，即使有苦难也是在梦中所得，梦想与现实毕竟还有一段距离。

　　梦想中的乡下如上所述，早晨的太阳升起朝霞灿烂，村庄里的炊烟散尽。家家户户各类窗口透视出隐隐约约的灯光，接下来有人走出。秋月在上，山沟明亮，几只羊在啃着夜草，牛马在歇息，无边的风开始充满朝气蓬勃隐藏在山沟中穿梭。不知哪个小伙撩起情思，再次隐藏在山沟里等待爱情，迎接幸福的姑娘，寻找着动人的恩爱。这时，灯光散尽，村庄的人已经睡着，一弯月亮守卫着这片净土，守卫着田地，于是所有的山沟皆铺上绿色，静静等待拂晓的到来。

　　隐藏在城市，多次梦想这样的日子，可惜，城市生活将我的时间紧紧控制，想到村庄里走一走也是难事。

五月的校园是什么样

曹嘉楠

　　五月的校园是什么样，没有到过校园的人是不知道的，即使到过校园的人也未必都知道，只有真正在校园里生活的人才知道五月的校园是什么样。有一天早晨，我走进校园，走进让人兴奋的校园。这里已经有很多学生，他们一大早就来到校园，为的是上早自习，我也上过早自习，可是我上早自习时用的时间是一种匆忙。起床匆忙，洗漱匆忙，走在路上匆忙，即使坐在了椅子上也是匆忙。也许每个学生都如此，我也是匆匆忙忙，为的就是那些课程，为的就是迎战考试。五月的校园就从这一天早晨开始了。

　　阳光格外灿烂，难得的一个好天气，校园内外一片明亮。走进校园，到处是欢喜的笑脸，到处是悦耳的读书声，小草轻摆，绿树摇晃，四面八方充满祥和。树木高耸，如同威武的哨兵，为校园站岗。一片片树叶，一棵棵树木，让人产生敬意。几只可爱的鸟飞过，留下一串叫声，它们从这棵树上飞到另一棵树上，戏耍着，鸣叫着，好像几个诗人在论诗。

　　静静的教室里，同学们认真读书，彼此听得见心跳。一个漂亮的女孩子走进教室，班干部喊了一声起立，刷地，站起来一片树木，女孩子笑容可掬地说："咱们是新老师，新同学，从今天开始咱们就在校园里共同生活和学习了……"

一阵热烈的掌声过后，女孩子，不，这时应当说女老师了，她站在讲台上开始讲课。这是她职业生涯的第一课，这班学生是她的第一批学生，从此她有了学生，从此她可以自豪地对他人介绍："这是我的学生……"

在明亮的教室里，女老师漂亮的脸蛋和朗读的课文声混在一起，第一次让学生兴高采烈，原来老师和学生可以这样亲切。老师在黑板上写字，学生注目思索，教室里想象的翅膀开始腾飞，一个个如鸟一样飞翔，落在老师的树上。每当有学生答案正确时，年轻的女教师都要在黑板上写出两个大大的OK，鼓励学生，也鼓励自己。

看到这幅赏心悦目的画面，谁的心中不油然感慨，回顾万千。在这座校园里生活的人，哪个不是掌握了知识，学会了尊敬，也感悟了人生。我在这座校园里，学习生活了三年，掌握的知识数不清，每当我走进校园时，心里都有一种感激。如果不是校园我能拥有知识吗？如果不是老师的辛苦培育我们能有现在的成果吗？如果不是五月的校园能有现在的鲜花吗？

如果有人问五月的校园是什么样，我可以坦然地告诉他们五月的校园就是这个样……

清早我走进青纱帐

曹嘉楠

　　清早，我走进青纱帐，一股暖风吹来一曲颂歌，它的名字叫《土地颂》，苍天与高山相邻，挤出一轮红日，朝霞映照的青纱帐，翻腾着数不清的五线谱。我走进青纱帐，看生命与土地溶解，看清风与朝霞亲吻，于是，我获取了土地肥沃的体温，有了与天地共存的生命力。是我的生命吗？是我的生命在唱歌吗？谁听得见？是土地吗？终于，土地告诉我，它们听懂了我在唱什么歌。

　　栽一棵树长成千年藤
　　洒一串阳光温暖心灵
　　重温过去的喜怒哀乐
　　起点里还是没有诗句
　　辽阔的土地需要耕耘
　　缺少深思熟虑的田地
　　开头是一种艺术形式
　　结尾依然是一片空白
　　哪个抚摸早春的岁月
　　让鲜花不再从容凋谢

男孩最喜爱的哲理美文

土地上的青纱帐茂盛

留给农夫是欢喜的果

实际上，这不是诗，自从农民有了土地，有了家庭联产承包责任制，那些青纱帐如同诗一般长满粮食，连那些古代已经荒芜的城区，还有那些秃山，现在也是肥沃得流油，并且爬满了溜圆滚动的大西瓜，还有漫山遍野的果树林。望着如此风景，谁的心情不感动，谁的笔下不生风？土地如诗，土地如画，土地不仅是农民的父母，也是生命的良田，时代的交响曲。听听歌曲，哪一首歌不是由土地做成的曲子，哪一首歌里没有土地的声音。不论清风怎样吹动，土地总是带动一番美景，缭绕心灵，让农民热泪盈眶。

其实，每一个人都有土地情结，都有一块土地能够享受生命的灿烂，享受生命带动的效果。虽然有的土地干裂缺水，有的土地被洪水侵害，有的土地荒无人烟，然而，有的土地仍旧散发着灿烂，散发着光芒，散发着生命的茂盛。土地向宇宙延伸着生命力，生命力靠人类来维持永久，于是我也想拥有土地，拥有生命力。可是我只能生存，不可能创造更大的价值，毕竟我不是土地的拥有者。清早，我走进青纱帐，看着太阳思索。不论土地如何变化，在这片苍茫的天空下劳动的我们，每天身披五彩朝霞，穿梭于青纱帐间，过着丰衣足食的日子，我就知足欢乐。毕竟这是我们共有的土地，让我每天都有好心情，每天都有机会歌唱。

收藏自己的成果

曹嘉楠

  我越来越发现收藏自己的成果是生活中必不可少的事，自己的成果有哪些，一本书，一篇文章，一首诗，一些字，都有特殊性，都值得纪念。书是什么时候出版的，文章是什么年月发表的，诗是什么时节写出的，字是谁赠送的，都有记载，都有回忆。一本书代表着一段岁月，一篇文章表达着一种情感，一首诗说明自己的浪漫，一些字肯定着友好往来。一段岁月悠悠而过，一种甜蜜由此而来，愉快伴随岁月的收藏潜伏在其中，很多往事涌现在脑海。这时的我在想什么，是往事吗？还是过去的经历？

  其实人这一辈子有些事是说不得的，可是看见那些出版的书，那些写出的诗，还有激励自己的文章，心甘情愿写出这篇回忆算是对自己情感的真实表达。不要以为领导者都是开会，讲话，有时也是有个人爱好的，比如书法，比如写作，比如收藏。现在的我就是在收藏自己的成果，收藏自己的岁月，收藏自己写出的诗歌，收藏自己的劳动，同时也收藏自己的一种浪漫。在生活中任何人都有浪漫，都有一种回顾往事的爱好，只是我的往事已经在收藏中了，不断涌现在脑海中的岁月就是典型的收藏。一个人有什么样的爱好就有什么样的收藏，我的爱好是写作，于是收藏书籍就是我的特殊爱好，爱好书法，写诗就是我的收藏成果。

　　记不清第一首诗是在哪一年写的，发表在哪一年报刊上，只记得写诗是一种心灵上的寄托，有感而发，有感而写。如今的我写出很多诗，也出版了几部诗集，可是当初写诗的兴致仍旧在心中缭绕，每每这时我心花怒放，庆幸自己的才华得到解放。回顾写诗的感觉，总有激情在心中，总有一团火焰在燃烧，是幸福，也是甜蜜，是激情，也是飞跃。写诗有这样感受，写散文也是如此，当我写出一篇篇文章时，我灵魂深处总是有一股情绪在激励我写下去，于是我灵感涌现，写作激扬。其实我知道自己时间紧迫，工作繁忙，可是我总是在工作时抽空写出几行诗，写出几句话，把心里想说的写出来，或多或少这也是一种成果。现在我把这些成果收藏起来，就是为了纪念过去的岁月，纪念那些让人感叹的往事，还有那些不断涌现在脑海里的人。

　　当我决定收藏自己人生成果的时候，忽然感到自己人生经验很丰富多彩，有很多值得收藏的。有记忆犹新的片断，有过去的岁月，还有往事传奇，真的让人应接不暇。其实这些岁月放在他人身上也许不算什么，可是放在我身上就有一种光彩夺目，为这我心甘情愿帮助那些比我困惑的朋友们，心甘情愿帮助他们度过艰难险阻，只要他们日子过得比我好我就心满意足了。

差距就在眼前

曹嘉楠

如果有人问世界上什么距离最近，我会说心与心的距离最近，如果有人问世界上什么距离最远，我也会说心与心的距离最远。实际上我不是瞎子算命两头堵，我是在说一种人生哲学，或者说，说一种除我以外没人懂的哲学。有诗为证：

天地有距离

人间有距离吗

山水有距离

心灵有距离吗

钱财有距离

亲情有距离吗

男女有距离

爱情有距离吗

社会有距离

家庭有距离吗

这首诗并没什么，仅仅写的是我对距离的感受，实际上哪个人没有距离感，哪个人没有感受，只不过我写出来他人没写出来罢了。现在人写诗并不是追求境界，只是随意写着，自以为写得巧妙，其实写得并不怎么样。我在此写出来也是一种感受，说明人与人之间是有距离的，而且是一种差距。这差距不是他人给的，也不是父母给的，而是自己造成的。有时我们劝告他人进步时，往往鼓励他们说能发光的就是金子，实际上这只是一种推论，生活中能发光的有时不是金子，比如太阳能发光，可是太阳不是金子，灯泡能发光，可也不是金子，实际上只有人才是金子。不论人在哪个岗位，哪怕是默默无闻隐藏深山，最终也有被发现的时候，所以说能发光的不一定是金子，只有人才是最宝贵的金子。在这里需要提醒的是，别看有些人名声在外，其实也是外强中干。

还有人说你努力了就把他们显没了，可是我想劝告你成功最需要的就是努力，只有努力才能得到。不要以为你努力了就占有他的位置，实际上他们占了你的位置，他们不努力已经没有位置了，社会上只有努力的人才能有位置。我想说的是竞争是最切实可行的，如果没有竞争谁知道谁有才能谁没有才能，还像过去那样有才没才都一样，靠爹靠妈得过且过吗？

我们生存在伟大的社会变革中，随时随地都有可能发生各式各样的事，因此我们的应付能力是否强大，这是涉及每一个领导者的关键。为什么有的领导应付自如，有的领导应接不暇，关键就是他们的责任感在哪里，这就是距离，这就是差距。一个人不怕有距离，也不怕没差距，关键是看他是否知道自己差在哪里，是否知道距离有多远，这才是最大的问题。

大树下的思索

柴秀文

　　夏天的时节，我经常站在树下，一是等车，二是思索。等车是为了工作，思索是为了生存，更多的则是寻找。有时我在询问自己寻找什么呢？寻找权力吗？寻找钱财吗？寻找朋友吗？这些我都有，还需要寻找什么呢？后来的岁月我终于知道我在寻找责任，也许是负责人肩上的担子重了，身上的责任大了，因此做任何事我都要问问自己做得正确吗？错了怎么办？

　　其实每个人都有站在树下思索的机会，只不过个人利益不同思索的感受也不同，有责任感与没责任感是不一样的。我曾经调动过很多岗位，身上也是有权力的，可是我总感觉自己哪个地方还需要努力，哪个地方还需要提醒。后来我明白了，是自己的心灵还需要努力，是自己的心灵还需要提醒，这就是共产党员肩膀上的责任。我知道不论在哪里我都有责任，都有担子，于是我劝告自己努力吧，困难算什么，担子算什么，只要是组织上交给自己的担子就要勇敢地挑起来。我想我的思索没有问题，我在大树下没有白站，我知道自己努力的方向，知道自己还需要朝哪个方向努力。实际上不仅是我努力，其他人也要努力，只要努力才能向前。

　　曾几何时，我在琢磨，都是同样的人为什么差别这样大？先是身份的不同，然后是思想的不同，接下来就是感情的不同，这些不同让很多人顾此失

男孩最喜爱的哲理美文

彼。为什么没有人仔细思索，检验自己到底在干什么，是在为谁工作，为谁生活。有时我提醒自己，不论在什么样位置上都有一种同情心，帮助那些可以帮助的朋友们，包括我的员工，并与他们共同进退，同甘共苦。其实现在的人生活水平很高，没有过去的缺吃少穿，农村农民有了自己的田地，城市居民有了自己的房地产，这就是变化。如果说中国是一棵大树，老百姓就是一群乘凉的人，是保护这棵大树，还是继续乘凉，这是每一个人面对的问题。是冷漠还是熟视无睹，这里面的问题数不清，谁能真正说明自己是哪种人？有一首歌里有一句话，树高千尺也忘不了根，回顾下来还有谁记得这句话。每天，人们聚集在这棵树下想什么，是一心一意乘凉，还是想方设法得到什么。可是有多少人在思索，这棵树也是需要保护的，病虫害随时随地都有可能发生，是为这棵树浇灌，还是为这棵树撒些药粉，看起来微不足道的小事实际上都有危害这棵大树生存的可能性。此时此刻，我站在这棵树下思索很多，中国这棵大树自古以来就涌现数不清的英雄人物为之奋不顾身，现阶段还需要英雄人物保护吗？还需要人们为之浇灌吗？我觉得真的还需要，树越高大越需要人浇灌和保护，否则一点点微不足道的小蚂蚁就有可能毁掉这棵大树。

动物的眼泪

柴秀文

　　写出这个标题，我忽然想到鳄鱼的眼泪，它是最明显有眼泪的动物，而且很凶猛。鳄鱼的眼泪不是因伤心流出来的，而是一种动物本能，它是为保护眼睛流泪，因此不要以为有眼泪就是伤心，有眼泪应当获取人类的同情。听说动物的眼泪不是很多，比如同样是被杀的猪，被杀的牛马等动物，它们并不是都有眼泪，只有个别的动物有眼泪。当它们的眼泪涌现的一瞬间，人的心灵也震荡着，可是也就是这么一震荡，接下来该怎么样还怎么样。该吃肉吃肉，该喝酒喝酒，并没有人认为这个动物不该杀，更没有人认为肉不香。动物有眼泪是想获取人类的最后同情，可是它们并没有获取到同情，想吃它们肉的人如此冷漠，没有谁肯看它们一眼，对它们的眼泪更是漠不关心。当动物流出眼泪的一瞬间，它们是想得到救援呢还是想得到解脱，没有人知道。

　　在人类看来动物是被吃的，在动物看来人类是什么，是凶手吗？动物没有这样的观点，也没有这样的世界观，动物有吃的它活着，动物没吃的可能生存不下去。可是人呢？人有吃的算不算活着？生命的价值体现在哪里，是以活着为价值，还是以做出什么贡献为价值？不是所有人都有价值，也不是

男孩最喜爱的 ★ 哲理美文

所有人都没价值，有价值没价值要看贡献。有贡献的人有价值，贡献越大价值越大，这是人与动物的区别。动物的贡献是存在，存在越多对人类贡献越大，而人类是吃它们的。不是所有存在的动物都有贡献，有的动物存在也是没贡献的，比如有病菌的动物，它们的存在不仅没有贡献，有时还是一种威胁。

动物有没有眼泪这是另一方面问题，可是动物的眼泪能让多少人了解情况，能解释清楚动物为什么流泪吗？由动物的眼泪想到人类的生存状态，眼前忽然开朗，在有限的时间里还是关心一下那些最需要帮助的人，毕竟他们也是会流眼泪的人。实际上我们不怕人流眼泪，我们最害怕有人伤心，最害怕有人为了生活而寻短见，毕竟这是一部分人，也是最让人担心的。

山里有棵树

柴秀文

山里有一棵树，这棵树不是很大，但很粗，起码有几十年历史了。当我第一眼看见它时，我曾经问过一个老大爷这棵树有多少年历史了，老大爷告诉我一百三十多年。我很吃惊，现在还有如此年龄长久的树木，真的让我开了眼界。现在城市变化巨大，农村也发生着翻天覆地的变化，哪怕在山上寻找一棵有历史的树木也不是容易的事，因此看见这棵树时我吃惊。我的吃惊不仅仅是看见这棵树，而是看见这棵树后的历史，这是一棵柏树，按照现有观念柏树是农村人最喜欢的树木，打家具都要用这种木材。粗而壮实，质量优异，什么样家具都有它们的存在，可是在这山里居然有人保护这棵树，怎能不让人吃惊。其实我知道家具最上等的木材是水曲柳，也是柳树，可是在这个小山村居然生长着这种树木，怎能不让人惊奇。好树在山里，好木在谁的手里啊？好人呢？

由树木我想到了人，由好树木想到了好人，想到了那些默默无闻的好人。山里有一棵树，社会有一个人，如果山里有一片树木，社会又有多少人呢？树木与人又有多少相同多少不同？看山漫山遍野是绿色，看社会四面八方是人，人与树，山与社会到底存在什么样差别？一个世纪有多少树木成材，一个社会有多少人成功，这样的统计我真的没有计算过，然而若有所思。树木可以成材，人能成功吗？即使成功又有多大贡献？在树木面前我思索，在社会变革中我思索，可是在山里我却思索不起来了。我希望人人成功，像希望山里的树木成材一样，可是人真的能成功吗？真的像树木一样成材吗？我希望，又怀疑，心甘情愿这样思索。在树木与岁月之间，在人与树木之间，在山区与社会之间，我的这种想法能有多少人知道。为此我呐喊：好人如树，好树成林。

每座山都有不同风景，每个人都有不同选择，生活与社会是一种结合，有时也是互相见绌的现象。山里有一棵树，社会中有一个人，都可能相提并论，不同的是提出怀疑的仍旧是人类自己。其实在我心里也有一棵树，每当我心情忧郁时我就想想这棵树，想想自己以后干什么。如果说这棵树是理想，我就抱定理想不松手，如果说这棵树是信念，我就咬定青山不放松，如果说这棵树是文学我就努力浇灌。心中有什么理想就有什么样的树，心中有什么信念就有什么样的树，这就是我对山里有棵树的真正理解。闲情逸致时我经常到乡下，一是听人家汇报，二是听人家谈笑风生，三是看看山，看看水，然后欣赏山里那些理想树木。我不是环境保护者，但我所到之处都有人在向我汇报，他们提出的很多见识让我敬佩，尤其是由树想人让我更加关注

男孩最喜爱的哲理美文

树木。我希望好树被人重视，人才也被人重视，好树在山里是材料，人才在社会中也是材料，社会就是一片树林，这就是我对树木的初衷。

天下第一关

柴秀文

金秋十月，我来到长城，此刻，站在八达岭长城上，回望天下第一关时，我忽然感到山海关真的很伟大，很雄壮。这是我刚刚出关的地方，不经过这里是到不了长城，到不了长城就不知道天下第一关的险情。很多人都是把这两个地方分开描写，可是我觉得两个地方割离不开，互相有联系。长城是举世闻名的名胜古迹，被全世界刮目相看，在中国人的眼里更是锦上添花。

天下第一关是长城的角落，也是直通北京的要道，如果这里设防，十有八九是通不过的。因此长城与山海关是互相联系，互相推进的历史天险，也是今天我们自豪的天下第一关。长城的历史悠久，从秦始皇时开始至今都在建，也算是历史工程了。当年的秦始皇统一天下时，曾问过算命的："将来夺嬴氏天下者谁？"算命的说："害秦者胡也。"秦始皇很吃惊，为了保住自己的江山，他们不惜一切代价修城筑郭，以抵消胡氏兄弟的日益强大和侵略。可是他没想到多少年后，由他统一的中华大地还是被少数民族占有，清太祖努尔哈赤带动他们的铁骑部队渡过山海关开进了长城，准备攻克北京时忽然壮志未酬含恨九泉。

努尔哈赤是什么人？他原来只不过是明朝的小官员，只因他野心太大，职位低，不甘人后，因此他想方设法寻找机会站起来，想方设法获取自己周围人对自己的信任，密谋推翻明朝皇帝，所谓的十八恨就来源于此，来源于他的野心。可以说，山海关是努尔哈赤的克星，他成也此关，败也此关。虽然他的梦想久远，军队庞大，但命运对他不公平，他想成为一代霸主也没机会，而且还有守卫在宁远的袁崇焕随时随地阻碍他前进，使得明朝的堡垒严阵以待。幸而皇太极有自己的主见，在与明朝军队战斗中不辱父志，夜以继日寻找崭新线索。力挽狂澜避开袁崇焕的主力部队，不惜绕道蒙古从长城西部的喜峰口进关，包围了距离北京的遵化城，被吓破胆的明军守将王元稚上吊归天，皇太极取下遵化后又去包围北京，继续完成努尔哈赤未完的事业。

在这里不能不提袁崇焕，这个要了努尔哈赤命的人，当他得知皇太极包围北京时，带人连夜赶到北京与皇太极交战。然而，当时两军势均力敌，这时的皇太极利用反间计，先是派人在俘虏营中散布袁崇焕已与清军密约先佯攻后里应外合的假情报，接下来假装放松戒备，任俘虏逃跑，造成里应外合假象，于是离间计迅速传到明朝皇帝崇祯耳里，气急败坏杀了功臣袁崇焕。皇太极施巧计消灭袁崇焕这个对手，也为先父报了仇，他这一招借刀杀人真是巧妙。使山海关以及关外重地宁远城改由吴三桂担任总兵，这时的山海关真的是天下第一关，一边是吴三桂，一边是明朝军队，北京城仍在保护之下。可是祸不单行，几乎是与此同时，李自成领导的起义军迅速攻占北京，这时的李自成还想与明朝皇帝谈判，希望给自己人一条活路。可是明朝皇帝崇祯并不理睬，逼得李自成乘风破浪追击，明朝皇帝被迫吊死煤山，李自成摇身一变成为新皇帝。可是好事不过三，李自成部将刘宗敏将吴三桂的爱妾陈圆圆据为己有，逼得原想归顺义军的吴三桂怒冲冲地把清军引进了山海关打败了李自成义军，这就是吴三桂一怒为红颜故事的来龙去脉。

在历史潮流面前，一个女人算什么，然而就是这个不算什么的女人改变了历史潮流，先是改变了吴三桂反明投清，接下来又是反清复明，横也是他，竖也是他，这样的人被女人改变着，怎能不改变历史潮流呢？巍峨的山海关，迎来一场又一场的恶战，最后的结果都以名将失败而结束，又以名将取胜而告终。一来一往，历史潮流被改变了，可是关还在，卡还在，唯独那些冲锋陷阵的士兵不见了，他们换了一代又一代，最后连他们自己是哪一代人他们都不知道，这样的队伍还需要吗？山海关不愧是天下第一关，拦住了数不清的风流人物，也成全了数不清的风流人物，他们为中国民族缔造了一代辉煌又一代辉煌。

然而我想说的是，现在站在长城顶峰，我看到的是当年的烽火，听到的是铁骑的脚步，还有天下第一关的呐喊。不论是秦始皇，还是大清王朝，或者是小日本鬼子，他们与人民背道而驰，不可能占据长久，天下第一关仍旧是中国的关卡。

踩雪的日子

柴秀文

人的一生能经历多少飘雪的日子，没有人记得清，我也如此，每年冬天都有机会看见降雪，可是就是数不清见到多少场雪了。幸运的是每次降雪我都有机会看见，有时也情不自禁在雪地里踩雪，看着自己的一串脚印我就笑，兴奋得如同小孩子。其实在飘雪的日子里是最愉快的，不论大人小孩还是老大爷老大娘，只要让他们走在雪地里，他们就会忘记一切烦闷。

在学校时是我踩雪最多的时期，在这个时节里，我和同学幸福地踩雪，有时数着自己的脚印看自己踩了多远距离。踩也是艺术，会踩的能踩出很多艺术感觉，比如整齐的脚印，不深不浅，如同画家画龙点睛，为美丽世界添置一种庄严。飘雪的日子，是风华正茂的年龄，每一个同学都有自己的线路，拥有独树一帜的脚印。值得庆幸的是，我的脚印别开生面，我的雪花踩得富有诗意。可是我并没有满足，每年的冬天我都要到雪地里踩雪，虽然这时我的脚步整齐，可是我仍旧寻找踩雪的窍门，希望踩得比以前好。

俗话说下雪不冷化雪冷，因为不冷才能踩雪，因为踩雪才能走在雪中。其实每个人生都有不同的降雪期，从校园里走出来的人知道踩雪是什么样，知道自己的脚印是什么样，尽管有歪歪斜斜，也有天真愉快，更有幸福感，不知疲倦。踩雪是什么样的境界，有人知道有人不知道，可是我懂得踩雪就是人生的境界，脚印代表人生，代表努力，代表奋发图强。现在还需要踩雪吗？还有多少时间在踩雪？可能除了孩子外，没有多少成年人在踩雪了，这是不争的事实，也是我写出这篇文章的主题。

不要以为踩雪是儿童的行为，有时踩雪是帮助成年人恢复记忆，回忆过去的岁月。为什么有人能写出回忆录，有人写不出回忆录，重要的一条就是有人会踩雪，他们在踩雪中恢复记忆，恢复岁月，恢复创作活力。经常在下雪时看见有数不清的人在踩雪，他们之中也有成年人，有时还有几个老大爷老大娘在其中。由此可见，踩雪不是年龄，而是兴趣，更是一种愉快。我亲眼看见有一个老大爷在一片冰前轻轻滑过，看着他的潇洒动作我说什么也不能将他的年龄与滑冰联系在一起，可是他就是这样滑冰的。对于东北人来说，滑冰每个人都有过经历，有人滑得好，还能滑出奇迹，他们在冰上如同鸟一样旋转，让很多人羡慕。随着城市扩大化，河流越来越窄，冰场越来越少，滑冰的场面也是少之又少，然而轻轻的一滑也能让人回首往事时幸福感强烈。

踩雪的日子不是很多，但不能说明没有人踩雪了，当生活水平渐渐提高时，踩雪还是必要的。

学会写美丽

柴秀文

在这里我说的美丽并不仅仅是人的漂亮，我说的美丽代表一种朝气蓬勃的精神，代表着一种向上的力量。确切地说，我说的美丽是一种人格的高尚，境界的崇拜，生活的简朴，文化的高瞻远瞩。一个人表面看很漂亮，可是内心有时并不漂亮，甚至还受到污染，这样的人能说漂亮吗？为什么有人强调人格，强调境界，强调责任感，关键是看人的思想感情是为谁着想的。为国家为人民着想当然有境界了，当然有风格了，反过来不是为国家不是为人民，而是为自己，这样的人能有风格吗？有，也是假的。

在我看来，学会写美丽不是文字游戏，实在是一种责任，是记者的责任，也是作家的责任。有幸，记者的责任和作家的责任我都有，身在这两个行业之间实际上是一个职业。我们的笔如何写出美丽，写出正义，写出公平，写出国家最需要的作品。社会变革考验每一个人的责任，也考验每一个人的才华，有才华是一回事，没有才华是另外一回事。不是没有人写出作品，是写出的作品有多少才华，有多少让读者感动的艺术细节，这就是近几年来我苦苦思索的艺术问题，也是我对文学创作的重要探索。在报社，在作协，我都有担子，眼看着有的地区搞得好，有的地区搞得差，好的有哪些，差的有哪些，归根到底就是艺术差距。很多作家说深入生活，可是他们写出的作品距离生活十分遥远，或者说个别作家写出的作品根本没有生活，这样的作品怎能适应社会变革。

曾几何时，我面对报刊苦苦琢磨，写作是怎么一回事，记者写出的文章为什么没有读者阅读。作为办报人，如果没有读者这报还需要办下去吗？幸而我的所在地报社还有读者群，还有很多读者在支持，包括那些部门，即使这样我也在思索办报还需要做到哪些才能再进一步。我想说的是，不是我们不想进步，我们实在是想把报办好，办得名列前茅。可是我们又不能不看到差距，不能不看到与那些大报刊相比还有差距，尤其是从文章上看还需要努力和提高，还需要学会写美丽，学会写正义。

生活给人的感受不同，产生的认识也不一样，有成绩的人经常是站在时代的前面，如同旗帜一样飘荡，可能他们代表正义代表美丽。可是我们代表什么，每一个人的肩膀上都有担子，都有责任，我们做到了什么，写出了什么，这就是我的思索。我不想埋没自己的成绩，也不埋没自己的思索，可是我们将要埋没的是时代吗？我们能埋葬时代吗？我想很多人跟我一样都在思索，都在努力，实际上这又是一种思索，也是如何写出美丽的翻版。多少次，我拿着报纸思索着，上面的文章为什么没有惊天动地，没有泣鬼神，没有感动读者的文章。阅读后才渐渐感到，不是没有故事，不是没有生活，是我们尚未发现有意义的报道。

穿越黎明的黑暗迎接曙光

穿透夜空的真诚

柴秀文

　　有一首诗《穿透夜空的真诚》写出了我个人的心声，在我的印象里哪些诗写得好，写得巧妙，都有展示，可是哪首诗也没有这首诗好。一支箭在宇宙中飞翔，是穿透夜空的真诚，是人世间的情感，是雷霆万钧的火焰，是扬眉吐气的燃烧，是随时随地的幸福……实际上这首诗并没有多少字，只不过写出了个别人的心声，包括我的心声，然而力量就在于此，穿透夜空的真诚。我知道现在人写诗很透彻，绝大多数都是贴近心灵写，贴近社会写，以一当十，以十当百，这样写出的诗才有力量。可是诗心在哪里？

　　写了很多诗不知道诗心在哪里，这是被人嘲笑的事，更是一个诗人苦恼的事。小说有情节，文章有文眼，诗歌有诗心，实际上统一思想就是文眼。写诗也是有文眼的，文眼就是诗心，有人会提出怀疑，文眼怎能是诗心呢？按我个人理解诗心就是诗歌的重心，一首诗歌写得好与不好不在文字，关键是对诗歌的态度上，一个诗人想如何表达，廖廖几句话就可以说明思想感情。为什么有的诗能打动人，让人产生共鸣，为什么有的诗平淡如水，读后平淡无味，这就是诗心没有发挥作用。实际上不是诗人写得不好，是没写出诗心，看看诗人白居易写的《狂歌词》："明月照君席，白露沾我衣。劝君酒杯满，听我狂歌词。五十已后衰，二十已前痴。昼夜又分半，其间几何时。

生前不欢乐，死后有馀赀。焉用黄墟下，珠衾玉匣为。"还有《劝酒》："劝君一盏君莫辞，劝君两盏君莫疑，劝君三盏君始知。面上今日老昨日，心中醉时胜醒时。天地迢遥自长久，白兔赤乌相趁走。身后堆金拄北斗，不如生前一尊酒。君不见春明门外天欲明，喧喧歌哭半死生。游人驻马出不得，白舆素车争路行。归去来，头已白，典钱将用买酒吃。"其他诗人比如岑参的《戏问花门酒家翁》："老人七十仍沽酒，千壶百瓮花门口。道傍榆荚仍似钱，摘来沽酒君肯否？"还有《白雪歌送武判官归京》："北风卷地白草折，胡天八月即飞雪。忽如一夜春风来，千树万树梨花开。散入珠帘湿罗幕，狐裘不暖锦衾薄。将军角弓不得控，都护铁衣冷难著。瀚海阑干百丈冰，愁云惨淡万里凝。中军置酒饮归客，胡琴琵琶与羌笛。纷纷暮雪下辕门，风掣红旗冻不翻。轮台东门送君去，去时雪满天山路。山回路转不见君，雪上空留马行处。"另外高适的《送李少府时在客舍作》："相逢旅馆意多违，暮雪初晴候燕飞。主人酒尽君未醉，薄暮途遥归不归？"李商隐的《无题》："昨夜星辰昨夜风，画楼西畔桂堂东。身无彩凤双飞翼，心有灵犀一点通。隔座送钩春酒暖，分曹射覆蜡灯红。嗟余听鼓应官去，走马兰台类转蓬。"还有孟浩然的《过故人庄》："故人具鸡黍，邀我至田家。绿树村边合，青山郭外斜。开轩面场圃，把酒话桑麻。待到重阳日，还来就菊花。"都有一种境界，一种精神，一种气势磅礴的诗心，这样的诗人写出的诗怎能不惊天动地。

然而穿透夜空的真诚让我思索许久，不是我闲情逸致琢磨，实在是肩负使命责任在身迫使我不得不思索。一首诗有如此力量，一篇文章也是如此，一个人会如何呢？一群人又是如何？我想读者比我明白，在读者心里诗有力量，人有力量，群众就是力量。社会变革涌现数不清的英雄人物，红诗如潮，几乎人人写诗，人人写红色文章，在这红色海洋里诗歌能干什么，诗人能干什么。我想诗人还需要写诗，诗歌还需要发挥诗歌的作用，没有诗歌社会变革没出息，没有诗歌诗人写诗没精打采，接下来社会也是没出息。我想说的是，诗歌要赶紧行动起来朝着自己喜欢的方向努力，在诗人的沸腾心境

男孩最喜爱的哲理美文

里写出优美的诗篇，献给这个伟大时代。我读诗，也写诗，当了一辈子诗人，出版了几部诗集，可是与那些真正诗人相比写出的诗还是缺少力量。于是我鼓励自己还需要努力，还需要刻苦，有时我在思索一首诗只有几句话为什么能千古流存，重要的原因还在于诗心，在于诗心的分量。

世界有你更美好

柴秀文

经常读到这样的消息，有些人因为各式各样的自身心理原因而离开人世间，其实这是愚蠢行为，不要以为这个世界上缺少人才，什么样的人才也是靠自己的努力。中国如此，外国也是如此，只要有才华就有被发现的可能性，只要有才华就能获得尊重。对你来说，为什么离开人世间，是因为有人排挤你吗？还是因为这个世界缺少关怀，实际上这个世界真的缺少你这样的人，可是你为什么离开呢？

生活如同一棵树，谁都有权在此乘凉，可是生活也是一把伞，谁都有修补的可能。一个人一辈子能记住几个人，可是我单单记住了你，记住了你的音容笑貌，记住了你的每个细小动作，哪怕一个小小的招手我都有一种感觉。这个世界是为你准备的，有你这个世界更加灿烂，有你这个世界更是光彩夺目，有你这个世界更加美好，于是我在心里为你祝福。其实一个人在这个世界上生存靠的是什么，不是靠钱财，不是靠权势，而是靠朋友们的帮助，靠朋友们的关怀，有了朋友们的帮助才有世界的美好。

你经常说世界是一棵树，生活是一棵树，朋友们就是树上的枝叶。你说得很对，世界有你更美好，这是我为你写出的歌词，我是诗人，写出的语言就是诗。你如同天边的一只鸟，当你展翅飞翔时周围涌现数不清的赞叹，还有那些美丽的祝愿。不要以为自己什么也不行，在这个世界上你是最强有力的领导者，只是尚未被人重视尚未被人提拔，你不缺少钱财缺少的恰巧是耐心。其实耐心很重要，也很关键，一个人有没有理想，有没有发展与他有没有耐心有很大关系，有耐心者得天独厚。可是你缺少的就是耐心，缺少的就是交际，你不能把握自己的人生轨道，也不能把握周围的社会变革，因此当潮流涌现时你退缩了。退缩意味着落后，如果你稍稍努力一下就有可能名正言顺步入提拔的殿堂，如果你稍稍正视自己就有可能成为一个成功人士。可是你没有，你看轻了自己，看轻了世界，看轻了人世间。也许你以为这个世界对你不公平，周围的人对你不关心，其实你错了，周围的人对你最关心。只是你没有感觉到，你的偏见造成你听不得他人的劝告，看不起真正帮助你的人，误以为他们是在嘲笑你，欺骗你，其实不然。

作为一个进步青年最大的优点就是要有辨别是非曲直的能力，如果连辨别是非曲直的能力都没有怎能在轰轰烈烈的历史潮流中站起来，你的偏听偏信造成你的固执，你的固执造成你对社会缺少判断，最后离开帮助你的人离开人世间。也许我的分析不正确，可是我的分析有道理，因为你看轻了自己，看轻了社会，看轻了世界，所以才造成你离开人世间，悲哀是你造成的。不要怪别人，不要怪社会，一切都是由你的偏见，由你的错觉造成的悲剧，与社会没关系，这个世界有你更美好。

世界有你更美好的主题是对一个人的怀念，劝告年轻人不要轻生，有问题说问题轻生干什么。

男孩最喜爱的<ruby>哲理</ruby>美文

有成功就有付出

柴秀文

　　经常听见有人冷嘲热讽成功者，说他们有钱有权才能成功，实际情况并不是这样。成功者也是经过努力才成功的，他们在成功之前也是付出很多汗水，付出很多辛苦最后才成功的。一个人想干什么不是凭有钱有权，而是凭聪明才智，凭真才实学，更凭对党对国家的忠心耿耿。换言之，一个人有没有责任感，有没有良心，有没有持之以恒孜孜不倦的恒心，没有这些怎能成功。

　　其实我想说的是有成功就有付出，一个人成功的机会越大付出的就会越多，如果没有付出不可能有成功。成功是什么，不同人有不同解释，有人以为成功就是出名，有钱，实际上世界观不同对成功的认识也不同。有人是以社会贡献为成功，有人是以个人利益为成功，有人是以当一个明星为成功，有人是以赚到钱财为成功，这些成功无非是为钱财为名声为权力。真正的成功是为国家服务，为人民服务，为社会服务，而且服务越多越大越有贡献。在我看来，一个人的成功应当表现在对社会的贡献，而一个人的贡献表现在他们是否有责任感，是否忠诚国家，忠诚人民，如果没有忠心耿耿的精神，没有社会责任感怎能与成功相提并论。在一些人看来成功可能就是名声就是权力就是钱财，可是在具有责任感的人来说成功就是肩负使命，为国家付出。

也许有人会说我不想成功也不肯付出，我受不了成功后的喜悦，这是自欺欺人。成功者并不是都有喜悦，有的人成功后付出更多，责任更大，遭受的冷嘲热讽更激烈。在这里我想提醒的是，不要小看付出，没有付出是没有成功的。然而也不是有了付出就有成功，付出与成功可以相提并论，真正付出有时并没有成功，相反倒有一种背道而驰。为什么很多人付出很多最后什么也没得到，不是他们不肯付出，而是他们付出的方式方法有问题，付出的时间过程有矛盾，因此他们付出很多得到极少。最近我在琢磨一个塔尖理论，成功者就是塔尖，如果所有人都有平台，塔尖理论就会打折扣，毕竟塔尖与平台承受力是不同的。在塔尖上，站起来的人寥若晨星，然而他们是真正成功者，在平台上展示的人数不清，这就是成功与失败的显著区别。

我的意思很明确，在塔尖上站起来的人是成功者，他们付出的汗水比他人更多。在平台上展示的人他们也是成功者，可是他们的成功带有普遍性，只能算是一种努力，毕竟他们没有到达目的地，没有超出他人的能力，所以他们的成功有些逊色。如果在平台上想成功就要付出在塔尖上的人所付出的汗水，付出他们所付出的辛苦，毕竟从塔尖到平台还有一段距离。这就涉及人才问题，如果说成功者是人才，塔尖上的成功者就是人才，平台上展示者尚未达到目标，所以他们还需要付出。不要怕付出，从塔尖到平台只差一步，如果不肯付出怎能达到目标，又怎能成功呢？有成功就有付出，虽然付出不一定成功，但没有付出肯定没有成功。

实际上成功是成功，付出是付出，这是两个经历，一个是兴奋的经历，一个是失败的经历。有成功自然兴奋，有失败自然沮丧，然而更多的则是在社会变革中品尝的滋味，还有那些帮助自己成功的朋友们，这些都为成功立下汗马功劳。社会的发展不是哪个人说成功就成功的，不付出肯定得不到，肯付出也未必能得到，有时付出越多失败越大，唯物辩证法在社会变革中占

男孩最喜爱的 哲理 美文

有明确地位。付出多少是成功，没人能肯定，然而不付出是肯定不可能成功的。说白了，人生就是为付出准备的，没有付出也没有人生。

微笑是一种财富

柴秀文

如果说服务行业的微笑是一种工作的话，那么微笑也算是另外一种财富，只是有人并没将微笑服务当成财富。在机关工作多年，深知微笑对人的心理起很好的作用，尤其是当领导干部的微笑更是一种特殊性服务。只要你微笑下属就不会对你有意见，而且他们可能百分之百支持你的工作，任劳任怨没有丝毫敌对情绪，因此我劝不会微笑的领导者要学会微笑。有人说微笑用不着学，谁不会笑啊？是的，微笑不用学，谁都有笑的机会，谁都有笑的时候，然而如果不学微笑有可能就是顾此失彼，造成想笑不是笑，想帮助人也因为没有微笑而矛盾重重，或者造成另一方面压力和负担，这样的结果谁能满意呢？人生有时就是由微笑组成的，每时每刻都有微笑的人对人的态度就是和蔼可亲，他们面对什么样的人都有一种微笑在其中，因此他们不论干什么都有人支持。

工作中微笑是一回事，生活中的微笑是另外一回事，二者可以相提并论，也可能分开谈论。工作是工作，生活是生活，然而二者的共同点是情绪愉快才能做好一切。不要小看微笑，轻者是一种面部表情，重者是一种人生态度，更是一种哲学家的思想感情。面有微笑的人提出问题总是有人支持，不论他们到哪里都有人在周围，加上他们说出的话让人温暖，于是他们深得民心。人与人之间讲究微笑是和谐的表现，跟过去那些你敬我一尺我敬你一丈的理论有些大同小异，毕竟这也是中国文化教育的结果。说白了微笑是一种财富，这在商人身上体现最突出，顾客来到商场服务员对他们微笑，即使他们什么商品也不买，心里也是舒服的。服务员的微笑看起来微不足道，实际上这就是钱财的来源，有微笑，顾客来商场购买，没微笑，他们来这里干什么，看脸色吗？微笑是一种服务工作，然而微笑也是一种财富，这样提法表面看有些特殊，实际上并不是特殊，有时也是必要的。人与人之间互相交流靠的是什么，彼此之间没有微笑行吗？如果都是冷冰冰的脸孔，说话也是怪腔怪气的，还不把人吓出病来，即使没病也不敢笑逐颜开了。

我不知道有多少人会微笑，也不知道会微笑的人能干什么，然而我一直坚定微笑这个概念，希望所有人都有微笑。微笑是一种财富，是生活中的，也是工作中的，更是精神上的。有微笑的人工作愉快，有微笑的地方环境保护优秀，有微笑的机关有人光顾，有微笑的政府有人拍手支持，换言之，有微笑的工作环境肯定会有一定效益。过去有人不重视微笑是因为他们不了解微笑服务的规律性，现在有人了解微笑并不微笑是因为他们没有重视，如果心里有微笑他们工作能不愉快吗？不是我在此把微笑说得天花乱坠，实际情况就是如此，面对同事微笑一下，面对父母微笑一下，面对朋友们微笑一下，还有什么不愉快吗？

男孩最喜爱的哲理美文

角落里也有阳光

柴秀文

经常坐车享受不到阳光的温暖，可是经常能看见阳光照耀时的灿烂，不论在路上，还是在楼群中间都有阳光，甚至连一个角落都有阳光。由此可见，阳光是最公平的，给人温暖，也给动物温暖，更给这世界温暖。闲情逸致时我在想，如果我是阳光我能做到这些吗？我不敢说，长期在领导岗位上，深知领导肩上的担子有多重，即使办事想公平有时也会有不公平。有不公平怎么办，只有努力做到公平，让那些委屈的人能够在未来的日子里获取利益，哪怕是微不足道的利益也是可能的，对他们也是安慰。

其实我是最见不得有人委屈的，可是当有人委屈时我又没办法帮助他们，面对他们提出的各式各样困难我真的感到无能为力。有时看见有人委屈我心里就难受，想方设法寻找机会帮助他们，可是有时找不到帮助他们的途径，只好在心里为他们叫喊。我经常把自己放在一个关心人的角落，可是有时我也不知道自己如何关心你，你想被提拔可是我没有权力，你想拥有钱财我也帮不了你，没办法我只有微笑，我想送给你的就是我的微笑，这是没有富有的富有，这种财富是你一辈子也积累不到的。我用这种方式帮助你也是在帮助自己，现在的人讲钱财的多，讲权势的多，讲社会公德的少，讲国家的责任感少之又少。人为什么会到这步田地，重要的原因就是人与人之间缺少信任，缺少彼此关心，更缺少责任感，如果连对国家也缺少责任感，这样的人能让他人相信吗？

曾经，我也不相信人，不相信社会变革人与人之间会信任无比，可是不相信有时也要相信，毕竟社会变革带给人的是互相帮助，互相关心，如果连这些都没有了何谈社会责任呢？有时社会责任比自己生命都有意义，只不过没有人这样认可，人们聚集在一起不是说长道短，就是互相不服气，也不知道他们彼此牛什么。比如写作，个别人不努力写作，偏偏互相拆台说长道短，好像这个世界只有他会写作，其他人不会写作。实际上谁都比他写得好，只不过没有人这样认为，更没有人愿意拆穿他们。在这里我不是说谁不好，我是说道理有时不被人理解，甚至被利用道理来对付个别朋友，因此造成阳光灿烂的日子里还有角落没有阳光。也许就为这一点我在努力，希望阳光灿烂照耀在角落，希望所有角落都有阳光，也希望所有人心里都有温暖。可是可能吗？角落就是角落，不论阳光如何灿烂也有可能照耀不到角落，阴暗仍旧会存在，偏听偏信仍旧会发生，公平与正义仍旧被人嘲笑着。

夯实成功的木桩

柴秀文

凡是具有一定才能的人，都有一个成功的希望，每天他们都在努力为成功做准备。然而成功并不如意，如同奇怪的小虫子一样，始终不渝跟随着，弄得人不断努力，不断进取。实际上这努力，这进取，如同一根根木桩，在不知不觉中被夯实。由此可见，夯实成功的木桩十分必要，只有木桩夯实成功才能占有一定地位，只有占有一定地位成功才能顺利实现。

说白了，夯实成功的木桩就是打基础，只有打好基础才能达到目标。为什么有的师傅非要让徒弟练习基本功，原因就是打基础，在他们看来，只有打好基础才能达到目标，而这打基础的过程就是夯实成功的木桩，这样的道理谁不明白呢？其实道理谁都明白，只是练习时谁都有得过且过的感受，谁都有少练习一点，少出一些汗水，甚至不练习也能达到目标的想法。人世间的事，绝大多数是大同小异，不论干什么都要打基础，大到战争，小到微不足道的事物，哪个基础打好了哪个距离成功不远了。

其实，一个人的成功就是在一点小事上能看出来，现阶段的人心态高，每天都有很多口号，真正属于自己的并不多。个别城市喊出的口号惊天动地，可是与百姓生活水平一点关系也没有，个别领导参与其中，要的就是出其不意，或是别出心裁。实际上他们这种虚张声势就是虚荣心在作怪，试问，一座城市的发展是一个口号就能见效的吗？还需要搞活经济，还需要适合发展，社会也是如此，并不是谁叫得口号好听就是典型了，城市要发展，人民生活水平要提高，这是自然规律。凭口号是不行的，类似这种形式主义并没打好基础，更没有夯实成功的木桩，因此遇到风险第一步他们就有可能败下阵来，成为牺牲品。

夯实成功的木桩就是要求人做事时要慎重，珍惜每天所做的事，不要见异思迁，不要好高骛远，能做的就要做好，不能做的想想明天怎样做。一个领导者的诚心诚意代表着一座城市的风气是否扎实，一座城市的形象就是一个领导者的功勋，不要小看这二者的关系，没有二者也没有城市形象化。很多领导者极其注重自己的形象，城市也是如此，也是有自己形象的，当外地人来到城市后他们第一个感觉就是形象化，是好是坏，就在他们的感受中。由此可见，城市的发展与个人进步是有关系的，都有打基础这一说。艺术与城市建设一样，基础打好了，成功的木桩也算夯实了。当一切按部就班时，才能安居乐业，一劳永逸。

把握机遇准确选择

曹 秀

一个人是否成功是有选择的，选择正确容易成功，选择错误容易失败，而成功与失败之间就是机遇。年轻人有时心血来潮，面对困惑时不知所措，因此他们对自己的前途似是而非，说是就是，说不是就不是，这样的心态怎能把握准确呢？有四个大学生，毕业时有的留校，有的被企业聘用，有的返回家乡，有的经商。十年后他们的生活发生了变化，留校的只是教授，在企业被聘用的人破产成为流浪汉，返回家乡的当了县长，经商的成为亿万富翁。当他们返回老师身边时，一个个诉说了他们的遭遇，原来，留校的人每天按时教书，虽然校园生活水平低，可是他每天都有学生在面前走来走去，心里也是有一种满足。被企业聘用的人，由于企业内部的原因他没有主动权，因此当企业破产时他只能随波逐流，可是由于他一开始就没有钱财，因此企业破产后他便成了乞丐。返回家乡的人每天认真工作，在所在地企业有了考试机会，成为干部，终于有一次搞选举，他居然被选为副县长，后转为县长。经商的每天也是兢兢业业，孜孜不倦，久而久之居然也赚到了财富，一跃成为当地首富。后来认识一个领导，成为亿万富翁……

其实研究这四个人的命运，他们几乎都有把握机遇这样的机会，可惜他们并没认真把握，也把握得不准确。如果留校的换一种生活方式，有可能被提拔，而且在校园被提拔到外地的领导数不清，他们为何不换一种生活方式呢？被企业聘用的学生他也是命运不妙，可是他也没有准确选择自己的位置，企业不好是可以理解的，可是企业还需要很多人才的，总不至于走上乞丐这条路吧。要说幸运的是当县长的人，可是他真能如此幸运吗？当县长就能摆脱命运吗？他能当一辈子县长吗？还有机会提拔吗？最让人羡慕的是富有者，他有钱财了，可是有钱财就是富有者吗？他跟教授比一下谁是最富有者呢？四个人的不同命运，实际上说明人在社会中占有的位置，可以说他们都有机会，可是他们谁也没有准确把握自己，以后的命运是什么，他们可能至今都不可能知道。生活是什么，生活就是随时随地给予人们机会，让那些不务正业的人知道什么样的环境是好的，什么样的环境是差的，而他们自己在干什么。

在这里我想说的是，机遇是随时随地都有的，只不过看如何选择，选择得是否准确。一个人想得多与想得少有极大关系，想得多的人遇事考虑得深远，想得少的人遇事考虑得少浅，加上把握不准确，因此很难及时调整自己的目标。我的意见是，不要自作主张，多听一听他人意见有好处，很多意见就是他人提出来的。听得多了经验也多了，经验多了，选择就准确多了。

男孩最喜爱的★哲理美文

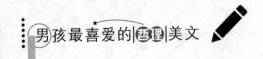

苦难是成功良药

曹　秀

　　有一个作家，在他成名前经历了数不清的麻烦和苦难，很多人都说他不可能成为作家，他的同事他的朋友们也是如此，甚至公开嘲笑他不是作家。可是他没有气馁，硬是每天坚持读书看报写作，别人每天旅游玩麻将，而他独自躲在小屋里写作。一年过去，两年过去，三年过去时，他写出很多作品，有的在报刊上发表，有的还获奖，有的石沉大海。他用他的吃苦精神换来成果，而且加入了中国作家协会，他在他的所在地是第一位加入中国作家协会的人，于是他的朋友们对他刮目相看，他的所在地也对他重视了。我说的这个人的事例在我们的周围有很多，可是真正达到目的的寥若晨星，为什么有的人能坚持到最后，有的人坚持不到最后，这就是一个人的意志问题。有困难不怕，有挫折也不怕，哪怕每天面对的是苦难，可是只要敢于面对苦难，敢于面对困难，还有解决不了的问题吗？

　　其实谁也不是一开始就是作家的，谁也不是一生下来就会写作，他们必须要经历各式各样苦难，经历各式各样艰难险阻，否则是不可能成为作家的。看看中国文坛的著名作家，哪个人不是经历过九死一生才获取的荣誉，哪个人不是写出很多作品后才得以成名，哪个人不是经历了痛苦的思索后才有进步的机会，如果一切都有顺利，都有一帆风顺的机遇，写作岂不成了一种容易的事。

在写作的路上，我也是历尽艰难险阻的人，我的努力几乎都有自己的汗水，每天都有各式各样的付出，因此当有人约稿时我会写出他们满意的稿子，写出符合绝大多数人的心理要求，实际上这就是一个作家所具有的品质。不要怕困难，不要怕挫折，不要怕苦难，哪怕一辈子面对的都是苦难，只要心里有文学，心里有国家，心里有人民，写出的作品都有可能成功。一个人不是为成功而来，而是为解决困难而来，只有困难解决了才能拉近成功的距离。有一个公式，成功＝困难＋挫折＋苦难，如果没有这些成功就是前功尽弃。

现在的年轻人绝大多数不懂吃苦，更不懂吃苦是为了什么，在他们的思想感情中花钱多少才是决定他们价值的具体体现。有的年轻人每天玩游戏，吃好的喝好的穿好的，甚至自己不会做饭，连起码的家务事都不会做或不肯做，这样的年轻人能有吃苦精神吗？这样的年轻人能说他们是接班人吗？如果这样的人能接班，这个社会能搞好吗？还不乱成一锅粥吗？在此我提醒年轻人多吃苦，少享受，更是少花钱，不要以为父母给你钱就是应当花的，父母赚钱不容易，你凭什么花钱如水呢？如果一个人不懂解决困难，不知道困难在哪里，这个人的生活与工作肯定做不好，哪怕他们的父母每天都有钱财给予他们，也不可能做好工作，更不可能生活得更上一层楼。困难是什么，如果一个人一辈子遇不上几次困难，这个人的生命可能也是白活了。没有困难，也是没有价值，只有困难解决了才能显示其中的价值，这就是困难与挫折的关系，困难与生活的关系，也是生命与苦难的关系。困难越多经验越多，经验越多解决的困难也越多，这就是现实生活与困难的辩证法。如何解决困难，如何度过艰难险阻，这就是人生的重要哲学。

现在回过头来说苦难是人生的良药，没有苦难的人不知道生活的甜蜜，只有经历过苦难的人才能战胜任何困难。

男孩最喜爱的哲理美文

勇敢面对困难

曹　秀

　　我可能是这个世界上最胆小的人了，小时候不论走到哪里都有同学送我回家，他们离开我家后我才放心睡觉。这种习惯直到上了中学后仍旧坚持着，甚至上山下乡当了知青时仍旧胆小如鼠，不敢走夜路，不敢独自在屋子里。然而有一次当接到征兵的消息后，我连夜返回家里走的就是夜路，而且是一个人在山里走了一夜。路途中的危险随时随地都有，远处有狼，近处也有狼，在夜晚看见狼的眼睛绿绿的放光。可是我仍旧走着，一个人迎着狼眼，迎着黑暗，也迎着各式各样困难，勇敢地走着走着。

　　是我忽然间增添了勇气吗？不是，是我因为担心如果我返回不及时有可能当不上兵，就是有这种信念让我快步如飞，在山里迅速往返，当时我也不知哪里来的勇气，只觉得如果我做不到就有可能当不上兵，当不上兵就要在农村干一辈子。或多或少就是这种想法让我产生勇气，面对黑暗时居然神乎其神地离开知青点，一个人悄悄返回家里，这样的环境下没有勇气是不可能的。那天山路危险，黑夜危险，狼多危险，可是我硬是什么也不怕，独自闯了下来。至今我都不知道我这是哪里来的力量，哪里来的勇气，怎么就走过了山路，走过了黑暗，走过了危险期呢。也许从这一天开始，我的勇敢有了，我的智慧有了，面对困难时我总是挺身而出，总是帮助他人。有一次部队附近着火，我与战友立跑马奔赴火场，奋不顾身救了当地百姓，受到部队表彰。还有一次，在部队附近，有一个偷盗者，当我发现他时，他正扛着一根枕木朝营房外跑去。我当时叫喊："放下，不许偷部队木材。"就这样，他被我带到团部，一审查，他原来是小偷，已经偷了部队很多物品。为此我再次受表彰，如果说这表彰是真的，那么勇敢也是真的。

其实人的困难有各式各样，有的是缺少钱财，有的是缺少劳动力，有的是缺少恩爱，更多的则是缺少关怀。如果看见哪个人有困难，理所当然关心他一下，这个人可能就被发现了，于是他的困难就迎刃而解。当然困难最好的解决办法就是自己解决，不要怕困难，更不要被困难吓倒，有一首歌词困难吓不倒英雄汉，说的就是这个意思。什么是困难，困难就是你最怕的事，最担心的事，可是只要有了勇气，有了勇敢就有了解决困难的办法。人生就是不断地解决困难，不断地克服困难，不断努力的过程。在勇敢者面前，困难并不算什么，在胆量小的人面前，困难巨大无比，这就是一个人对困难的认识。有困难不可怕，可怕的是不敢面对困难，更不敢解决困难，在困难面前毫无办法。这时人最需要的就是勇气，如果有人帮助一下困难就解决了，如果没人帮助困难仍旧存在，最好的办法就是自己帮助自己，自己鼓励自己，面对困难迎面而上，这才是人生的积极态度。有一次，胡锦涛主席接见青年时说："看见你们这么年轻，真羡慕你们……"他的话当时就引起青年人热烈掌声，现在的领导干部一到基层就讲大道理，说一些没头没脑的话。可是胡锦涛没有，他实事求是，有什么说什么，而且充满激情。一个国家主席说话都带有激情，青年人能没有激情吗？我相信从这一天开始，凡是见过胡主席的青年人，他们都有一股拼搏精神，都有一种激情。不要以为只有年轻人有激情，年龄大的人也是有激情的，而且有的人并不比年轻人差多少。对人来说，激情就是奋斗，就是目标，就是力量。没有激情的人干什么都会没精打采，有了激情的人干什么都有力量，激情在人的生命中起着巨大作用。然而有的人却不是这样，他们也讲激情，可是他们讲的激情是如何为自己赚

男孩最喜爱的 哲理 美文

钱，为自己打算，这样的激情有什么用啊？一个领导者在他当政时不想为人民谋福利，说明他已经没有激情了，没有为国家贡献自己的决心了。如果一个人不能面对困难，当国家遇到危险时，当人民利益受到侵害时，还有人挺身而出吗？还需要勇敢面对吗？

咱们青春有力量

曹嘉楠

有一首歌《咱们工人有力量》，从爷爷时代开始就有人唱了，至今仍旧有一股力量。实际上并非工人有力量，咱们青春同样有力量，不论哪个青年人，每天都有力量支撑着。我的意思是，不要怕自己年轻，不要自己看不起自己，只要努力随时随地都有奇迹发生着。为什么有的年轻人办事能成功，有的年轻人办事并不成功，其中原因就是心里是否有力量。如果心里有力量，干什么都有发展，都有成功的机会。如果心里没力量，干什么都心有余而力不足，即使吃得饱也没出息。咱们青春有力量，就是想告诉年轻人不论遇到什么样的艰难险阻，只要努力，只要奋勇当先，就有机会走进成功的路线，走进成功的步骤。

我说的力量不仅仅来自青春，也有来自生活的，更来自我们的内心。一个人干什么，不干什么，都有规律性，只要努力接下来就是成功的开始。可是成功有时并不是轻而易举，有时还需要各式各样困难，困惑，都需要解决，否则即使有力量也是自欺欺人。在人生中，不是所有人都有力量，有的人被生活中忽然发生的事打垮，经不起暴风骤雨而沉沦。对于这样的人与事，年轻人就要有警惕性，清醒认识到不是青春就有力量，也不是年轻就有力量，年轻人缺少精神力量的人数不清。如何让自己有力量，如何在生活中锻炼自己，表面看这是一个问题，实际上并非问题这样简单，有时也是复杂的。青春的力量有时也是与社会联系在一起的。咱们青春有力量，是属于个人的，也是属于国家的，只有属于国家与民族，咱们青春才能拥有无与伦比的巨大力量。

我是年轻人，每天都有力量，都有来自青春的力量。然而这种力量不是我个人的，它是集体的，是国家的，只有属于国家，属于民族，咱们青春才能有力量。这就是我个人的理解，这就是我个人的收获，我想青春有这样的收获，也是幸运。我们这一代人是最幸运的，没有人打过仗，极少有牺牲，随时随地过着快乐日子。在这样环境下，谁能没有力量呢？俗话说，榜样的力量是无穷的，一个人有力量不算力量，只有所有人都有力量才能算力量。一根筷子容易折断，一把筷子折不断，这就是力量。人呢，是否也应当具有筷子精神，是否也要有自己的力量？我想应当是，也必须是，这样生活在一起的人才能真正有力量。

青春是什么，不仅仅是年龄的替代，也是文化教育的象征，更是一种永恒的力量。这力量只有年轻人有，只有年轻人才适合，这就是朝气蓬勃的青春。其实力量是什么，力量就是一种振奋，力量就是一种努力。有了力量国家才能有希望，民族才能有希望，军队才能有希望。我希望自己的青春长久，国家的青春长久，人民的青春长久，只有这些青春长久了好日子才能长久。

你的明天有多少

曹嘉楠

很多人都有这样的想法，有些事可办可不办，还是等到明天吧。可是拖到明天后他还是没办，于是又拖明天，明天复明天，明天何其多。类似这样的等待我也有过，有些事的确可办可不办，有些事必须办，即使必须办的事也要拖泥带水，寻找借口。实际上明天的确很多，一个人拥有今天的同时也拥有明天，可是谁的明天能是永久的，谁能拥有所有的明天呢？

为此，我经常劝告朋友们，还是将事办了吧，不要拖泥带水，不要等到明天。一个人的明天是有限的，最大的能活百岁，可是你的明天有多少，你能活到超出百岁吗？如果不能超出百岁你的明天是可以数过来的，剩余并不是很多。既然知道自己的明天并不是很多，就要赶紧张罗办事，能办的事不要拖泥带水，更不要今天推明天，明天推后天，推来推去就把人推老了。我看见很多朋友们，年轻时搞写作，夜以继日，可是到现在也没有多少人成功。为什么没有成功呢？关键就是他们缺少持之以恒，缺少孜孜不倦，更缺少对国家对民族的责任感，连国家民族都没有感动，这样的人怎能有明天呢？办事又怎能不拖泥带水？

我不想过多批评这样的人，毕竟他们也是聪明人，可是他们的办事能力实在让人不放心。其实我所以写出这些话，完全是因为个别年轻人不听家长劝告，经常到河里野浴，有的就淹死在河里，造成无法弥补的损失。有一座城市，不到一个月，居然已经淹死十几个学生了，绝大多数不足 20 岁。多可惜的一朵花呀！多可惜的生命啊！就在瞬间阴阳两隔，这样的伤心事有多少人能承受啊？

所以我想说，不要不珍惜自己的生命，不要不珍惜自己的明天，你的明天有多少？也许今天活着，明天就不存在了。这就像三毛，她原本是要与大陆作家见面的，可是她忽然死了。有人说她是自杀，也有人试图寻找她死亡之谜，可是至今没有多少人了解情况。只有她的朋友们说她可能是过于痛苦了。可是痛苦就自杀吗？这又不是三毛的性格，三毛的明天可能会更好，然而她的明天终止于她的精神崩溃。坐在马桶上与世界告别，也许是她独树一帜，或者说是最好的离开方式。由三毛的死，想到现阶段的钱财关系，不知会害了多少平民百姓，不知有多少人被钱财害着，甚至由此损害亲戚朋友们。实际上现在的人并不懂得珍惜生命，别看有的人活着，可是在这个世界上他们并不懂得活着是为什么，更不懂得生命是怎么回事。有时我思索，当大学生淹死时，为什么有人会提出挟尸要价，难道他们真的见钱眼开吗？难道在这个世界上钱财真的比生命重要吗？对他们来讲也许是的，可是对学生的家长来说钱财算什么，孩子的生命重于泰山，没有孩子他们怎样活？写到这里，也许有人会懂事了，可是懂那些家长的心吗？失去了孩子如同丢失了灵魂，他们以后的生活如何度过？孩子的明天没了，家长的明天还有吗？

男孩最喜爱的哲理美文

用心支撑的明天

曹嘉楠

有一篇小说《最后一片树叶》，是写一个病人与医生的感人故事，意思是说他的病已没救了，病人自己也感到活不了多久时，医生劝告好好活着，明天肯定能看见太阳，看见树叶。第二天，他果然看见窗外有太阳，有树叶，于是他的态度开始转变，病也渐渐好了。可是他不知道有一位画家就在他窗子外面的墙壁上画了一片树叶，不论刮风下雨，这片树叶稳如泰山。这则故事我记不清了，这是外国小说，意思也不是我讲的这样简单，也许更好。然而这则故事说明只要用心支撑就会有明天，就会拥有希望。实际上有时候我们做得并不好，甚至很不好，可是没有谁认可自己的缺点，相反他们都有认可自己的优点，即使缺点他们也认为是优点。用心支撑明天，也许会让人产生一种振奋，最大的振奋就是自力更生，看人家努力自己也努力，看人家再接再厉，自己也是再接再厉。其实都说明天会更好，领导题词也是这样说，可是明天是什么样没有谁说得清，因此我觉得明天会更好，不如说用心支撑明天，让自己的明天坚强耐用。也许有人会提出反驳，这是什么话，难道明天不好吗？其实用不着怀疑，自己的明天就是不一样。我在这里强调的是用心和支撑，用心用什么样的心，支撑是如何支撑，这里面有哲学问题，可是有什么样问题没人看得清。

　　先说用心，我们的心在哪里，每天想的是什么。面对眼花缭乱的生活，每一颗心平静吗？既然心不平静，每天的情绪就有折扣，有折扣肯定写不出好文章，这就是是否用心。很多人都有希望，可是他们并不知道真正的希望是什么，每天盼望着。有时连他们自己也说不清自己到底盼望的是什么，是用心盼望吗？是，又不是，是与不是都有盼望。在我看来，心与心的交际，人与人的交际，也是思想与思想的交际，感情与感情的交际，更是灵魂与灵魂的交际，盼望与盼望的交际，这就是人的希望所在。在生活中，不必说得冠冕堂皇，不必将自己管理得过细，只要平时用心就行了。人在社会上生存，面对的不仅仅是自己的亲人，也包括那些朋友们，还有数不清的陌生人。不要以为这个世界上只有自己，好像世界上没有自己地球就不转了，其实个人只是一滴水而已。

　　用心支撑明天，是说要看清自己在干什么，认清自己是不是社会上最需要的一批人，是又怎么样，不是又怎么样。自己要知道自己，自己要会把握自己，自己能把自己对社会的认识写出来，让生命闪光，让社会公德越来越高，越来越拥有境界。也许有些事我没有做到，或尚未做好，可是我有信心有能力把事做好，把事做得尽善尽美，用心支撑美丽的明天。

在淘汰中求生存

曹嘉楠

社会变革把人分成三六九等，连人才也是如此，随时随地都有被淘汰的可能性。这种淘汰有时如潮流一般，不断冲刷社会公德，不断冲击社会关系，然而经过冲刷后更是随心所欲。有人说人生如同崩包米花，劈劈啪啪响了一阵后，剩余的不仅仅是花，也有粒，也有不成熟的玉米。由此可见人生是一种淘汰，没有本事缺少能耐的人最后还是会被淘汰，这是生活规律，任何人都难免。实际上生命也是大浪淘沙，一代又一代无限循环，随着历史潮流淘汰着，冲刷着，也发展着，成长着，生存着。

既然知道社会变革是淘汰的，如何在淘汰中生存，这是每一个人应该考虑的事。看一个人是看他的品质，用一个人是看他的能力，能力和品质有时是不能成为比例的，有品质未必有能力，有能力未必有品质，这就是现阶段用人的关键。没有人能离开这样的选择，也没有人能达到十全十美，人才与品质是一样的，用在人身上就不同了。这就如同文化教育，有人受教育多，有人受教育少，多与少并不重要，重要的是他们的能力与品质。可是现阶段，在搞活经济下，谁的品质重要已经不重要了，重要的是谁的能力重要。多少年来，中国人受一种黑猫白猫抓住老鼠的就是好猫的理论束缚，他们只想方设法抓猫，却不知道抓猫的技巧。人才也是一样，先有千里马，接下来才能出现伯乐，可是伯乐真的能为人师表吗？真的是大公无私吗？现阶段是没有伯乐，人才怎能发挥作用呢？绝大多数人才被埋没，是因为他们没有才华吗？不是，是他们没有机遇，没有遇上伯乐，所以他们只能被淘汰。

我想说的是，如何在淘汰中生存，如何让人知道自己是人才，这是一个人的成功之路。说实话，谁不想成功啊，谁不愿意事业一帆风顺？可是现实往往并不如愿，有时还需要碰到各式各样困难，别说成功不易，就是生存也是艰难险阻。可是艰难就不生存了吗？越是苦难越要向前，一个人不论在哪里，只要他是人才就有成功的希望，换言之，人才在哪里都有成功的希望。过去我曾经说过作家在哪里都是作家，现在这话应验了，多少年来，我就是这样在一个地区生活着，写作着，也是努力着。没有人帮助自己，所有的成功都要自己的努力，用汗水砸出脚印，一滴汗水砸一个坑，一个坑代表着艰苦卓绝的努力。其实这种努力就是竞争，就是淘汰，没有人关心和帮助自己实际上就是被人淘汰了，而被人淘汰下来的后果就是自己更加刻苦的努力。不要以为有钱财就可以顺利，也不要以为有权势就能度过危险期，真正的危机四伏并不是被淘汰，而是在一个岗位上不能胜任遭嘲笑。我是极其同情这类人的，他们的确没有才华，甚至连微不足道的才华也没有，可是他们却比别人多了一些社会关系，多了一些权势，因此当他们缺少才华时就会有人帮助他们。实际上，眼下的中国社会变革已经让人眼花缭乱，这类人的存在，让人更是失望。然而就是因为有了这类人的存在，也给聪明才智的我们提出机会，社会变革淘汰他们的同时我们也从中获取机会，我们在他们被淘汰中求存在。

成功的基础是失败

曹嘉楠

按现在人的思维，失败是成功之母，可是我偏要说成功的基础是失败。这又是为什么？其实回答这个问题很简单，成功的基础是失败，实际上就是失败是成功之母的翻版，很多人以为干什么都有一下成功的可能性，其实不然，成功就是在数不清的失败面前渐渐成功的。人不是一出生就是大人，也不是靠谁的帮助才能长大，人成长与实践分不开，与社会分不开。一个人是否有经验，不是看他年龄有多大，而是看他对社会的贡献有多大，看他对生活的认识有多深，同时也看他对人世间的态度如何。

一个人不是干什么都有成功的，也不是干什么都有失败的，成功与失败实际上就是相辅相成，谁也离不开谁。不能说一个人成功后就是成功了，因为以后还需要成功，还需要失败，成功里面有失败，失败里面有成功。在这里首先要认清的是成功的基础是什么，成功的基础是失败，只有失败才能让人认清成功的基础是什么样，让人知道失败后是什么样。中国人好逸恶劳的多，冷嘲热讽的多，在他们眼里没有谁算是成功的，因此在他们眼里也没有成功，即使成功也是失败的开始。成功的基础是失败，是说现在的人绝大多数心里没有目标，每天他们生活在第一线，可是他们眼里盯的只有钱财，这样的人怎能有目标呢？为什么外国人说中国人愚蠢，而中国人自我感觉良好，是中国人真的很好吗？还是外国人真的很愚蠢？面对现实，失败多于成功，这样的结果没有谁注意，都在自欺欺人，都有好高骛远，都有目空一切的言辞，这些人怎能没有失败呢？

失败是什么，失败就是办不成事，不论在哪里都有各式各样理由。当过领导的人都有这样的体验，当一个人完成任务时，不是他汇报没有完成任务的情况，而是推三说四自己如何如何，他人如何如何，这样的人能办事吗？能办成事吗？凡事不考虑自己如何办，总想方设法糟蹋他人，这样的人办事有用吗？连自己是什么样的人都不知道，他们怎能办事呢？让人不相信的人不是失败又是什么？所以成功的基础是失败不是没道理，而是有些人并不懂得的道理，对这些人只能听之任之，由他们吧。

成功的基础是失败，把失败处理好了就是成功，这就是我的人生经验。

谦虚的力量

曹嘉楠

人在什么样情况下能服从他人，如果没有权力，没有钱财，你肯服从他人吗？不要以为年龄小就是前途，年龄并不代表前途，真正代表前途的是聪明才智。谁有知识谁就有前途，谁有知识谁就有未来，这是现实生活的规律。然而这些人生规律有时还需要一种力量，这就是谦虚的力量，如果没有谦虚谨慎不论有多少知识最后都将一无是处。我想说的就是这个道理。

男孩最喜爱的哲理美文

　　其实现在的年轻人有很大优势，鼠标轻轻一点，就在网上学习各式各样知识。没有谁不会游戏，没有谁不懂电脑，没有谁不会从网上下载文件，在这些条件下谁能不读书，不学习呢？然而并不是所有人都有这种意识，有时有的人并没有这种意识，相反他们自以为是，干什么都有自己的一定之规，好像这个世界是他们的，并没有把其他人放在眼里。如果他们不知道自己错在哪里，用不了三五年他们就有可能成为一盘散沙，前途也是半途而废。我是希望年轻人都有谦虚谨慎的良好作风，希望每一个人都有自己的见解，当他们认为自己能够在社会变革下生存时，可以帮助任何一个有困难的人时，这时他们可以保持谦虚谨慎。

　　人是不能不谦虚的，不谦虚的人最后是什么也没有，即使有也会丢失。想象总是美好的，记忆总是缺少什么，岁月的年轮带给人的只有生活的残酷，我经常做梦，举着旗帜带动所有我熟悉的朋友们冲锋陷阵，不论在这条路上遇到什么样危险，我们都有一种勇猛精神。在人海中表现自己是生存的才能，谁叫喊的声音大谁就会获取利益。然而有时并不是这样，叫喊声音再大也会被另一方面阻挡，接下来就是一种寂寞。没有谁总是被限制，权力支配一个人支配不了命运，支配他人的人最后被他人支配，这就是生活。

　　我写出一篇日记，早晨我干什么，中午我干什么，晚上我干什么，昨天我干什么，明天我干什么，结果写出后没过多久我就过去一辈子了。这就是我的人生，这就是我对社会的认识，也是我对生命的认识。现在的很多人不会做人，虽然他们也是人，可是他们做人的质量差一点儿。他们以为自己是有才华的人，凡事都有自己的规章制度，可是有的人并不支持你的规章制度，很多规章制度有也是报废。然而还有一句话应当知道：谦虚过度等于骄傲，如果一个人总是想方设法谦虚谨慎不是骄傲又是什么。

激励自己不怕逆境

柴秀文

　　年轻人做事最容易得过且过，当一天和尚撞一天钟，尤其是遇到各式各样的困难时他们所表现的各不相同。一种是见困难就退，这种人根本办不成什么事，除了靠钱财关系，靠权势关系，几乎没出息。另外一种人是遇到困难先入为主，他们不怕困难，随时随地都有具体措施对付困难，因此他们是最容易成功的一群。总结一下他们成功的经验，就是激励自己不怕逆境。

　　实际上现在的人已经变成谨小慎微了，他们每天小心翼翼生活着，唯恐自己有什么三长两短，这是最悲哀的事。也许现阶段都在搞活经济，以钱为中心，过去生当做人杰，死亦为鬼雄的哲理已经不适用于现在人了，搞活经济以钱财为纲成为举世闻名的赚钱之道。因此当他们想干什么时，并没有什么远见卓识，他们只不过是一时心血来潮，根本没有什么进取心。然而另一方面的人却在抓紧时间准备着，随时随地都在激励自己不怕逆境，这些人目标实在，目的明确，努力朝自己的目标迈进。为什么有人实现了目标，有人达不到目标，重要的原因就是他们思想感情不同，有人害怕困难，有人不怕困难，而他们恰巧就是不怕困难的一群。

　　激励自己不怕逆境，这对一个进步的人来说并不算什么，只要平时认真对待，检点自己，肯定会有收获。怕就怕有人并不在意自己在干什么，以为自己是天下最有能耐的人，每天吃吃喝喝乐不思蜀，这样的人怎能有所发展呢？社会变革有时是风起云涌的，没有哪个人不被改革的浪花所冲击，如果没有一点自食其力的本事，没有一点自动控制怎能适应改革呢？一个人不论干什么都要具有一种控制精神，如果连自己都控制不了如何控制他人，又如何控制社会？尤其是想当领导者，没有一定的领导能力如何适应社会变革，又如何适应改革开放，激励自己不怕逆境就是一个领导者的重要修养，缺少这些还需要在领导岗位上混吗？当然我提出的理论有可能走了极端，很多人并不需要这些，他们凭借自己在社会上的各式各样关系巧妙地走上领导岗位，也许这才是能耐。可是绝大多数年轻人并没有这些乱七八糟的关系，他们想方设法也得不到，只有靠实心实意工作才能获取。在他们获取过程中，在他们努力过程中，还需要很多人的帮助，还需要有人对他们指引，更需要他们激励自己不怕逆境。

其实一个人想干什么关键靠自己，也靠外界帮助，否则是难成大事的。

登山有感

柴秀文

　　又是一个星期天，我在山上漫不经心走路，也许真的是漫不经心，脚下的路是什么样我也没看清。只是觉得脚下踩到了什么，有时软软的，有时硬硬的，还有时是不软不硬的，是石头吗？是木头吗？是草地吗？是，又不是，脚步走到哪里都有感觉。其实我不想寻找确定的路线，走到哪里都是一种走马观花，我没有目标，没有目的地，只是想随意走一走，散散心。眼前的山对我来说并不陌生，在校园时就经常到山上玩，只不过校园里的山是假的，所以看见什么样的山都有亲切感，这就是登山有感的来龙去脉。

　　说不清多少年了，我登的山越来越多，黄山，泰山，千山……有名的山，没名的山，都有我的足迹。然而不论登什么山，在我的脚下都有一条小路，悬崖绝壁我是不登的。沿着小路，我登山容易成功，也容易走马观花，也许这就是我登山的经验。其实山是什么样我看不清，即使走进山里也看不清山上到底有什么。比如多少棵树木，多少种动物，多少条小路，等等，只要人想知道的我都不知道。山对于我个人是神秘的，而我对山也是一种敬仰，有山的地区我来往可能多一些，少山的地区我可能来往少。到一个地区我看重的不仅是人，是这个地区的成绩，也是山水风光，更是数不清通向山里的小路，毕竟从这里可以登山。

男孩最喜爱的哲理美文

　　在这里，一条路可以从早晨走到晚上，可以走到四面八方，只要不想歇息随时随地都有走路的可能。这是与夜的比赛，这是与太阳的比赛，这是与人的比赛，这是与世界的比赛，这是与经济的比赛，这是与文化的比赛，可是怎么比赛也比不过这片树木，比不过这片山区。山是什么，水是什么，在这里表现得淋漓尽致，真正的山是山，水是水，风光是风光，树木是树木。在这里走下去是一片水库，走上去是一座山峰，不走时随便站在哪里都有风光无限，要多美有多美，愉快幸福就是从这里来的。在这里，我可以叫喊几声，呼吸清新空气，让周围的人觉得我在这里过得很愉快很惬意，实际上没有谁这样愉快，到这里愉快也是理所当然。

　　山下有时是一片云，有时又是一架马车，还有时是一条流淌的河，总而言之，只要不间断就有风景，就有愉快。走在山路上，不是所有人都有这种感受，有人走了很多次也没感受，有人走了只有一次感受深刻，这就是登山的思想。有幸我在此登山，有幸我在此产生数不清的感受，有人经常提醒走要走大道，可是走小路也是别开生面，走小路也是风光无限。此时我站在山峰上，看四面八方风光无限，观左右树木，草地，没有风声，没有喧哗，只有静静的云彩在飘荡，这时的我才知道山是多么伟大，想高它就高，想低它就低。而人就不行，想高时有人压迫，想低时有人拍肩膀，随时随地有人提醒劝告，甚至还有批评和威胁。现实的山与人世间的山不是一回事，人与人也不可能永久保持友好往来，如同眼前的山，白天登时光彩夺目，夜晚登时又是别出心裁。

　　没有几次登山时是在夜晚，可是在夜晚登山又另有感受，只走过几次夜路，夜晚登山更是少得又少。可今天的夜晚我登山，是为了明天的白天我不再登山，登山是为了锻炼身体，而锻炼身体有时又是不分白天与黑天，只要有机会登山就要好好把握。其实夜晚登山有夜晚登山的好处，只要沿线小心翼翼没有什么过不去的沟壑，只要心明眼亮认真观察没有什么危险，一路顺利。我经常在想，一个百姓登山有什么危险，只要小心翼翼走路，小心翼翼观察，并没有什么可怕的困境。不同的是，在外登山与在家乡登山感受不一样，在外登山的感受是吃惊，在家乡登山的感受是愉快，每走一段路都有愉快，在外登山是羡慕风景，在家乡登山是如何让这些风景尽可能成为百姓的富裕之路，也许这就是我登山时的真正感受。有趣的是，这一次登山还有下一次，下一次登山时又希望下一次登山，无限制。可能登山累了，有时回家时仍旧有在登山的感觉，于是我在琢磨明天我会登哪座山？

　　每次登山都有人告诉我，哪座山路好走，哪座山上危险多，听得我心惊肉跳，可是真正登山时这种感觉都没了，剩余的就是自己在登山时的愉快。登山有时是对自己人生的检验，登多少次山检验多少次人生，这对自己是幸运的事，对他人也是启发。当然没有人登山时如我一样，专心致志，为的就是图一时安静，直到走到山峰顶点才知道这座山又是无限的。其实现在登山与过去登山不一样了，心情不一样登山时的感受也不一样，因此产生的思想也不同了，这就是过去登山与现在登山的感受。长久以来我在想我们登山是为什么，是看风景吗？哪个风景能让我们记忆一辈子，哪个风景能让人记忆犹新，没有，只有心灵深处才有感受，生活给人的感受不同，登山时的感受也不同，这就是登山有感。登山回来的路上，我在思索：我们在前面走，后面有多少人呢？

男孩最喜爱的哲理美文

告别愚蠢

柴秀文

把握自己，把握人生，首先就是要告别愚蠢，不要以为自己聪明才智没有愚蠢，有时人在愚蠢中并没有认识到，也许还拿愚蠢当经验。一个人干什么能成功，不是看他有多少钱财，有多大官职，而是看他具有多少聪明才智的脑子。为什么有文化的人办事容易成功，没有文化的人办事或多或少有一定差距，关键问题就是没有把握自己的人生，更没有把握机会了。一个人的成功是告别愚蠢，只要告别愚蠢才能扭亏为盈，搞活经济如此，搞事业也是一样，事业与人生差不多。

告别愚蠢，是告别过去那些不愉快，告别过去那些烦恼和矛盾。与此同时，也是告别自己过去的一段岁月，给自己增添光彩夺目的前景。当然告别愚蠢也是有科学依据，不要以为嘴上一说告别就是真告别了，真正的告别愚蠢还需要一种文化。一般来说，聪明才智是与文化教育有关，愚蠢与没有文化教育联系在一起，表面没关系，实际上关系紧紧相联。牛马有一种联系，表面看可能没关系，实际上它们在相互争夺，吃的是草，争的是草，付出的是力气。而它们的贡献由人来决定，谁需要它们谁就认为它们有用，谁使用它们谁就可以评定牛马的贡献是大是小。在此之前，牛马就是牛马，只是动物，并没有区别。然而动物的愚蠢与人是不一样的，人的愚蠢是想不到，动物的愚蠢是没想，人有聪明才智动物可能没有，这就是人比动物有贡献之处。

告别愚蠢是告别过去一年里的愚蠢，还是几年内所有的愚蠢，这是检验一个人是否聪明的有效办法。我不相信人总是愚蠢，人也有聪明的时候，愚蠢时可能是他们的智商有问题，或他们正在经受一种莫名其妙的打击，假如他们还没有恋爱的话。恋爱的人经常表现出愚蠢，可是当他们获取恋爱后得到的就是聪明才智，并且被迅速提升，被迅速放大，几乎看不出他们有过愚蠢。

由此可见，把握自己，把握人生，的确是人的当务之急。另一方面，不是有文化教育就告别愚蠢，也不是有了才华就具有聪明才智，相比之下，人的聪明才智是后天产生的。有的人可能是先天就有的，可是聪明才智经过后天的努力也是可以培养的，为什么有的作家平时写不出什么，经过培养后就有机会写出光彩夺目的大作品，其中重要的原因就是后天培养的聪明才智。有人说记者人人可以写出文章，不可能人人成为作家，这话是有一定道理的。记者可以成为作家，作家却不能成为记者，里面的差别就在于文化教育的不同，艺术观点的不同。有什么样文化教育就有什么样艺术观点，有什么样艺术观点就有什么样思想感情，写出的作品自然就有一种震撼力。为什么现在作家写出的小说或散文不如电视或记者写出的文章，这里面有哪些秘密，是不是作家想钱的事多了，想责任的事少了，是不是作家心里感受不到时代的脉搏，感受不到当今社会变革的沸腾气息，一味沉静在过去的岁月中。如果这就是愚蠢，告别愚蠢就是要告别过去的岁月，告别陈旧的东西，包括那些迷信的风俗和害人的困惑。

不再惆怅的小清河

曹嘉楠

我提到的小清河是家乡的小河，它虽然不大，但影响很大。从我记事时小清河就在我心里占据了位置，只不过当时我年龄还小，还不知道小清河具体是什么样，只是每天都有关于小清河的消息。直到长大后我工作在外，后来返回我才开始注意小清河，注意这条在我心里流淌的河。当小清河闪着明亮的眼睛注视着身边的黑土地时，我忽然产生了感受，不知道度过多少年，自己走过多少岁月，小清河始终不渝坚守着自己的准则。它默默地流，默默地看，默默地与人为善，每天看着帆船经过，哀伤的心紧紧跟随跳动。

小清河的故事与太阳有关，与人类有关，与自然有关。春暖花开季节里，小清河冰冻融化，滚动着，奔腾着。那些老船长迅速将修补一冬的船舶启动，我就可以看渔民行船，听渔民唱歌。古老的歌谣在绿色的岸畔结下果实，引起河滩将船舶搁浅。

这时有鸟飞过，将美丽的夏日衔走，只有老船长的歌在河水中飘荡。面对此情此景，勾起我很多想象，我的爷爷在这里行走，我的父亲在这里行走，如今我也在这里行走。一代人又一代人在这里行走，他们是为了什么，是吃喝吗？是钱财吗？爷爷在这里行走时，面对的是炮火连天的战争岁月，每天都有数不清的人在战争中死亡。父亲行走的时节，是建设的岁月，每天都有数不清的劳动者吃在工地，睡在工地，每天除了劳动就是劳动。现在轮到我们走了，我们是为了什么，哪里还需要我们建设？

在时间的长河里，老船长和他的船员坐在船头，追赶飞翔的鸟类，追赶流逝的岁月。没有谁能拦住他们，没有谁能阻碍他们，只有朝前的日子，只有迎面扑来的春风，还有那些数不清的风景。小清河的水面上出现涟漪，伴随阳光，伴随歌唱，让人心灵温暖。小清河奔跑着，欢喜着，从一步之宽变成百米长河，只有老船长换了儿子，换了孙子，换了几代人。社会变革，小清河默默地流淌，摔坏了老屯里的三弦，将垃子沟的冬天砌上砖瓦，建成楼台……写出一篇篇小说，碾子和老井还获得了丰收奖。

也许我的想象并没有什么效果，可是如今的小清河不再惆怅，上游早已飘荡一阵歌声，下游也是歌舞升平。走在小清河岸畔，耳边总是听见有人在唱歌，他们唱什么我听不清，似乎是在唱社会主义好，也可能在唱祖国统一万岁。

辣椒风干才见红

柴秀文

　　刚刚采摘的辣椒并不辣，炒菜时并没有多少味道，可是当它红了时炒菜就有了味道，这就是很多人喜欢吃辣椒的原因。我跟其他人一样也是喜欢吃辣椒的，尤其是喜欢吃辣椒面，当一碗热气腾腾的辣椒面放在眼前时，别提有多诱人了。实际上我不是说辣椒好，辣椒好坏与我写出这篇文章没关系，我是说辣椒引起的关注，它是与人才有密切关系的。如果说自己是人才，我忽然想到辣椒，因为辣椒在风干前也是青菜，也不被人看好。辣椒只有经过风干后才成红色，而且这红色坚持久远，搅拌什么食品都有辣味。而一个人成才前也是具有辣椒精神的，在没有成功前，也是青涩一块，扔在地里没人捡。既然如此，为什么不做辣椒渐渐红呢？要在社会中锻炼自己，为什么害怕锻炼自己？是胆量小还是缺乏锻炼？其实我想说的是，一个人如何能成才，如何让人敬佩，关键是要有辣椒精神。肯吃苦，肯经历风雨，才能达到风干的目标。一个人也是大同小异，也是要经历这个过程的，经过生活的锻炼，经过暴风骤雨的考验，最后成功。一个军人走在街头靠的是一种气魄，他们每迈进一步都有严格规定，坐如钟，站如松，只有具有雷厉风行的军人才能打胜仗。最后我想提醒朋友们的是，辣椒只有风干才能见红，战士只有冲锋陷阵才能获胜。人生也是如此，只有拼搏才能进步，只有刻苦努力才能获取。在现实社会中，人的努力成才与社会实践有密切关系，这就是辣椒哲学。

在工作之余，我总是在思索，辣椒哲学为什么会有市场，为什么只有风干才见红。生活中的人为什么还需要努力，这与辣椒风干是一个道理，辣椒风干才见红，人要努力才能达到目的。虽然表面看有些牵强，但仔细琢磨还真有道理，出类拔萃的人才与辣椒相比的确有相通之处。社会变革使很多年轻人寻找工作，有时找不到就有些丧气，甚至抱怨，可是抱怨有什么用？最主要的就是自己的努力，自己的付出，没有努力没有付出怎能取长补短，怎能达到目的。由此可见，人若想成功就要学辣椒风干见红。一个人总说自己有真本事，真本事不是吹牛皮，也是要靠机会展示的，有没有本事展示一下自己就可以一目了然。为什么有的年轻人没有成才，当他们到老年才开始有所展示，其中的道理就是他们到了老年才有机会展示自己的才华。另一方面，机会是给有准备的人，如果年轻时没有准备，即使到了老年也未必有机会，即使有机会也未必能达到目的，这就是我对年轻人的劝告。

其实生活中还有很多事并不是以哪个人的意志为转移的，有时辣椒哲学也未必管用，人必须具有一种拼搏精神。生活中有很多被风干的辣椒，然而生活中也有很多青椒，当它们被人弄到菜市场时，第一个被吃的肯定是青辣椒。我在这里提醒有才华的人，不要怕埋没自己的才华，只要认真对待自己的才华，终有一天会有人认可自己的才华。

男孩最喜爱的哲理美文

走一个地方换一种心情

柴秀文

经常到乡下去，经常到外地去，经常参加各式各样会议，经常见各种领导，每次见面都有一种心情。高兴的会议，压抑的会议，迫不及待的会议，每天都有开不完的会，讲不完的话，还有说不完的事，真的让我产生各式各样感受，走一个地方换一种心情。

其实我走过的地方无非是领导也走过，然而作为作家走过与普通百姓走过的感受不一样，作家的感受是什么，百姓的感受又是什么，在我心里有些似是而非。不是我不敏感，实在是我过于敏感了，所以才有这种走一个地方换一种感受的说法。当我到乡下时，看见的是山是水是美丽的风景，听到的是汇报，都有成绩，心里自然多些愉快。当我到外地时，一路上看见美丽景色心旷神怡，情绪自然也是愉快。只是参加会议时心有余悸，人家有成绩而自己有什么，人家有汇报而自己汇报什么，心情自然有了压抑。

我这样说不知有人明白没有，走一个地方换一种心情，是说与我有联系的地区，与我有关的会议，哪怕一片风景也会影响我的情绪。人在什么样情况下最兴奋，又是在什么样环境下最忧郁，不是从家里出来就是固定的情绪，有时也是随时随地产生和变化的心理情绪，这就是我写这篇文章的主题。人的情绪为什么会变化，变化的过程是什么样，也许有的人知道，有的人并不知道。然而我知道，从心理学角度谈人的心理变化，谈人的情绪变化，这里面真有些秘密。人的秘密就是心理学，这对一些人来说是外行，他们不了解心理学是什么样，因此他们对自己说什么或干什么无所谓，而对研究心理学的人来说却是解开秘密的钥匙。为什么有人会说作家是人类灵魂的工程师，就是因为他们手里有一个解开人类心灵的钥匙，这钥匙就是心理学，就是人类的秘密武器。

当一个人孤独寂寞时，谁知道他在想什么？他们的心理变化有哪些，变化的过程又是什么样？如果随便询问一个人恐怕没有人会知道，可是如果询问心理学专家他们不可能不知道，有可能他们会提出各式各样的科研成果，分析心理形成的主要原因。为什么有的心理学家看人一眼就知道这个人想干什么，为什么有的心理学家对动物也有研究，因为他们研究的就是心理学，就是一种脑子秘密。人与动物有什么样区别，可能没有多少人能说出一二，更不了解人与动物差在哪里，可是他们知道，人与动物的区别在他们眼里一目了然，这就是心理学的研究成果。不要以为学术是吃饭的，科研成果就是科研成果，容不得糟蹋。问题是现在有多少人能像我这样思索，谁能如我一样走一个地方换一种心情，走一个地方就能研究出一番成果，或多或少这就是责任感吧。

坚持是成功的希望

柴秀文

　　办什么事都有坚持，坚持越久自己想办的事越有希望，这就是坚持的好处。然而现在的人对自己的理想坚持甚少，有时根本不坚持。很多商人在谈判时总是失败，总是给他人利益多自己获取的利益极少，原因就是他们不懂得谈判，也不懂得坚持。商人如此，其他人也是一样，都不懂得谈判的艺术，不知道谈判会带来什么奇迹，实际上这奇迹就是坚持得来的。曾经有一个商人，当他与一位富翁谈判时，他并没怎么样，富翁也是如此，他们都没有说长道短，可是他们都有自己的底线。当谈判进入另一个阶段时，富翁提出自己的要求，商人也提出自己的要求，结果他们都有要求，谈判进入僵持。如果是他人可能离开了，可是商人没有，富翁也没离开，他们都懂得谈判的重要性，知道谈判的技巧。于是，商人送给富翁一瓶子酒，富翁也给商人一筐梨。谈判继续，两人的友谊在增大，增深，最后富翁送给商人一套房子，商人送给富翁一座花园，他们都有了好处，都有了获取利益的机会。

　　与此同时，富翁开始讲价了，商人也开始回应了，双方讨价还价，谈判再次陷入僵局。如果没有很好的修养，这时候他们都有可能离开，谈判最终破裂。可是他们谁也没有离开，谁都有自己的底线，双方仍旧是讨价还价，仍旧是你来我往，互相坚持。也许是时间久了，也许是价钱差不多了，双方终于有了认可的机会，终于提出各自的条件，于是他们一拍即合，谈判成功了。

在这里有谈判的技巧，有个人的修养，还有把握全局的能力，缺少哪个都不可能达成目的。在谈判时是这样，在其他情况下也是这样，不论干什么都有底线，都有自己规定的限制，只是有人遵照执行，有人并不执行，这就是人对社会的态度。生活中人是有矛盾和问题的，并不是所有人都有矛盾和问题，如何与人相处，如何与人同甘共苦，这就是处世哲学。为什么很多人不会处理问题，重要的原因就是他们心里根本没有当事人的愿望，不知道自己在干什么，因此处理问题时显得有些得过且过。如果有人将处理问题当成谈判，不论什么样的事在他们手上也会得到解决，如果他们面对困难时能够挺身而出，这就达成了希望。

在这里人想强调的是，很多人并不坚持自己的想法，他们想方设法得过且过，实际上就是半途而废。明明有些事他们可以不费吹灰之力就成功，可是他们偏偏做不成，明明一句话能说明白的事他们说了很多话也没说明白，这个问题的关键就是他们没有坚持。应当说明确的是坚持不是固执，坚持是成功的希望，坚持是成功的表达，坚持有自己的底线。一个人想办成什么事，不是故步自封坚守自己的利益，有时为了获取更多利益也要适当放弃自己的底线，哪怕放弃一点也是有利可图。

男孩最喜爱的哲理美文

成功是汗水浇灌的

柴秀文

　　在报社工作，发现很多同事都有成果，文章写得出奇的好。这是因为他们都知道成功是用汗水浇灌的，一滴汗水一分收获，没有耕耘哪能有收获。然而道理谁都知道真正做到很不容易，有人为写出一篇好稿子废寝忘食，夜以继日工作，一篇千八百字的报道要付出很多辛苦。可是没有人抱怨，因为他们知道自己的责任是什么，知道自己的岗位在哪里，知道成功就是用汗水浇灌的。

　　一个记者面对新闻就是要冲在前面，及时了解情况，把事实报道出来，责任就在其中。我记得以前写诗时我是废寝忘食修改着，哪怕一个词汇我也不肯放过修改的机会，现在写文章也是如此，也是不断修改不断进步。我经常在想当年写诗是为什么，现在写文章又是为什么，其实目的很明确，当年写诗是为了爱好文学，爱好诗歌，现在也是爱好文学，不同的是我作为负责人，对文学事业有了责任，有了关注，也有了真正的认识。文学把我带动起来，让我的血沸腾，让我的思索激昂。很多人是没有这个机会的，可是我有了，有了组织上的信任，有了朋友们的支持，也有了文学对我的得天独厚。每当我放下工作的一瞬间，我心里都有一种感受，迫使我情不自禁拿来纸笔写出诗句，写出神采奕奕的文学作品，哪怕工作时也涌现很多感受。我知道一个作家记住的是什么，是成功，也是希望，更是感受。我知道在文学的路上我走了很多年，写出很多诗歌，可是至今我仍在走，仍在写。

文学与人生是什么样，我体会得比他人深，当有人为文学孜孜不倦时我已经是一定级别的领导者了，当有人为写作寻找工作时我已经是报社负责人了。我想我的命运很好，我的文学运气也不错，甚至每写出一篇文章都不怕没地方发表，可是我还是坚持多读多写少发表。不是我没有发表欲，有时写出诗歌后恨不得马上发表，可是想想只好放弃了，机会让给他人更是我的风格。曾几何时，我写出很多稿子，可是为了他人我一篇没发表，我希望我的同事我的朋友们能多写多发多丰收。我知道越是有成果的人越是付出辛苦最多，他们随时随地都有付出，随时随地都有辛苦，作为朋友我当然理解他们，心甘情愿帮助他们。我常常在想他们的成功是用汗水浇灌的，每一个字都有汗水，每一段话都有辛苦，每一篇文章都有艺术形式，因此我要珍惜他们写出的成果。

其实我也有成功，我的成功就是帮助他们发出好稿子，帮助他们愉快度过每一天。

有一种成功属于你

柴秀文

听说你毕业了还没有工作，我很同情，现在的大学生毕业后没工作很正常，只要积极寻找还是有所收获的。听说你在发奋写作，希望你能写出优美的作品，相信你的写作能力，相信你的未来不是梦，不论你想干什么都有一种成功属于你。

我想写一篇文章《向目标冲刺》，一个人不论干什么都有目标，都有向目标冲刺的机会。你有学历，有才华，有胆识，也有机会，只要你稍稍努力就有可能成功，成为对国家有贡献的人。现在的年轻人就是缺少勇气，缺少奋勇当先的精神，看他们或她们很有才干，可是一旦干什么时总是不尽如人意。不是技不如人，就是坚持不久，或者是弱不禁风，最后是半途而废。这样缺少朝气蓬勃精神的年轻人如何经风雨见世面，如何在历史潮流中捷足先登，看电视里闯关过桥的人哪个不是一败再败，闯过关的人寥若晨星。是他们没有素质吗？是他们缺少干劲吗？不是，是因为他们缺少的是技巧，是持之以恒的决心，而不是见困难就回的弱点。年轻人怕什么呢？在生活中有什么可少的？只要努力，只要坚持，只要肯付出哪能没有收获。记住，有一种成功属于你。

成功意味着什么你清楚，成功意味着有工作，有钱财，有信仰，有前程，还有爱情。也许这些诱因你看不起，可是还有很多成功在前面等待你，只要继续保持自己的信心，保持自己的风格，不论在哪里都有你的努力，都有你的成功。相信你有这个能力，也相信你有这个聪明才智，如果没有能力你也不可能考上大学，没有聪明才智你也不可能成为尖子生。然而我想提醒的是，越是在这种机会面前越要把握自己，越是在万众瞩目面前越要挺身而出，越是在有人提出怀疑时越要证明自己是什么样的人。生活与才华是不可能相提并论的，然而生活与才华是有紧密联系的，有什么样的生活就会涌现什么样的才华，有什么样的才华就会肯定什么样的生活。为什么有人能在社会中站稳脚跟，有人在历史潮流被大浪淘沙，还有人在历史运动中被折腾，关键就是是否把握了机会。古往今来的成功者，没有一个不是把握自己把握机会，当他们挺身而出时，人们看见在他们身后仍旧透露着一片成熟，这就是信仰。

你有信仰吗？信仰是成功的基础，有信仰才能有成功的机会，有信仰才能有成功的希望，如果连信仰都没有成功谈何容易。现在的你缺少的是理论联系实际，缺少的是识别谁是好人谁是敌人的能力，缺少的是知识更新适应社会变革。在中国的人才库里你是后起之秀，然而在后起之秀的队伍中你是第几位，在人才数不清的潮流中尚未成功，这样的生活方式你甘心吗？知道自己心不甘就要刻苦，就要奋发图强，就要歇斯底里地朝前迈进，毕竟有一种成功属于你，有一种希望属于你。

观察是写作的基础

柴秀文

作为一个记者走在路上观察，这是我的一个职业，也是一种责任。轿车轻轻行驶，我在静静观察，不知前面有多少危险，也不知后面的情况，我只是想观察路上行人在干什么。从他们兴奋的脸上我看见日子过得愉快，从他们穿的衣服上我看见生活水平的提高，从他们的言而有信的态度上我看见社会公德的变化。还有轿车行驶时看见的一种闪光，我琢磨闪光是怎么回事，为什么会有闪光。其实闪光只是车与车之间映照的，没有什么奇怪的，可是通过闪光我醒悟，人生也是有很多闪光点的，只是有人被人注意，有人并没引起人注意。我为自己的观察感到高兴，到报社以来这是我第一次真正学会了观察，学会了写记者日记。

曾几何时，我研究了很多报刊，发现没有一条新闻是属于我们的所在地，我奇怪，中国新闻数不清，可是所在地却是一成不变。为什么所在地没有新闻，还是有新闻没有及时报道。其实现在哪里没有发展啊，哪里没有变化啊，就是自己的笔没有写出来，怪不得他人，要怪就怪我们自己。记者的任务是什么，是写出新闻报道消息，可是我们所在地的新闻在哪里，消息何在？分析原因就是我们的观察力不够，走马观花是最大毛病，听之任之也是首屈一指，难道记者就不能亲自看一眼，亲耳听一听吗？其实不是没有新闻，是记者没有亲近现场，没有看见沸腾的生活中隐藏的能量，没有发现社会中真正的英雄。说白了，就是缺少观察。

说外国作家最会观察，他们为了锻炼自己写出优秀人物，经常观察生活中各式各样的人。有的作家走上街头看行驶的车辆，看走路的人群，看人们穿什么样衣服，听他们说什么样的话，甚至干什么样的活他们都有记录，为的就是描写人物。

观察是写作的基础，没有观察算什么写作，没有观察写出的文章能有多少说服力。记者经常说文章有眼，可是观察也是记者的眼，更是记者的心，我支持这种看法，也认定这种观察。事实上记者所到之处听是一方面，做是另一方面，而观察才是主要的。很多人并不了解记者的生活，认为记者就是写出文章，拍拍照片，实际上远不是想象的那样，如果这样简单谁都有机会当记者了。观察是写作的基础，可是写作的基础并不限在观察，有时还需要各式各样的表达。记者的第一任务就是深入实际采访，观察仅仅是一种形式，若想写出一篇感动读者心灵的文章，就要勇于采访，深入生活第一线，只有这样才能写出感动读者的文章。在报社做领导工作，一面是帮助记者采访，一面还需要亲自采访，只有这样才能写出真正有价值的文章，才能尽善尽美地完成一种责任。

抓紧今天珍惜明天

柴秀文

当我写出这个标题时，我忽然感到有两个目的，一是抓紧今天，二是珍惜明天，实际上这是一个主题，都有珍惜时间观念，只是我想写出两篇文章。抓紧今天是说今天的事今天办完，不要拖到明天，因为明天还有明天的事，今天的事办不完明天的事又堆积在一起自然会产生烦恼。我们经常说珍惜时间珍惜生命，可是我们办事时总是拖泥带水，总是今天事拖到明天，而明天又不知是什么样。对人生缺少计划，对社会缺少认识，对朋友们更是缺少关心，而这一切的背后就是没有抓紧时间。

抓紧今天珍惜明天就是告诫我们要珍惜时间，只有在珍惜时间的情况下才能获取想要的利益，否则谈何容易。抓紧今天珍惜明天不是口号，更不是口是心非地提出计划，而是针对性安排自己的人生轨迹，让自己的人生有一个优秀的发展。然而人有时是很难把握自己的，尤其是犯错误后更是对自己把握不了，肆意毁灭自己的时间，恨不得钻入地缝里隐藏起来。其实没必要隐藏，只要平常心面对自己，包括自己的缺点，没人会对自己看不起。人生中有些事很复杂，有些事又十分简单，正确对待就是了。生命是每个人的，谁都有权力珍惜，不论是个人生命还是他人生命都要珍惜。生命是宝贵的，一个人对社会的贡献大小也是靠生命决定的，有生命才能有贡献，没生命一切都无从谈起。对人来说有生命意味着还活着，无生命意味着死亡，有生命意味着有贡献，若想有贡献就要珍惜生命珍惜时间，这是无可非议的，又是必须的。抓紧今天要做的事，珍惜明天想做的事，这就是生命存在的意义。

自古以来，中国人就有珍惜时间的经验，很多人都用诗歌说明珍惜时间的意义。然而现阶段社会变革突飞猛进，改革开放，搞活经济已经把人逼上梁山，个别人的钱财观十分迫切，在他们眼里似乎只有钱财，没有生命，因此珍惜时间珍惜生命迫在眉睫。有的人每天都在忙，也不知他们忙什么，有的人每天都在玩麻将，夜以继日地玩，结果时间就在他们手中丢失。与此同时，丢失的还有他们的生命，也许他们会说我们还活着呀，你看我们不是生活得很好吗？是的，他们是活着，也可能生活很好，可是生命已经被他们浪费，时间也是悄悄消失，剩余的就是他们未来的时间在哪里，未来的生命在哪里，想来，真的触目惊心。一个连生命都不珍惜的人他能干什么呢？一个连生命都不珍惜的人他能珍惜时间吗？能够做到抓紧今天珍惜明天吗？由此可见，抓紧今天珍惜明天并不适应每一个人，有的人说得天花乱坠他们也不可能醒悟，有的人醉生梦死更不可能珍惜时间珍惜生命了。

为了更好的珍惜时间珍惜生命，就要树立时间观念，树立今天的事今天做完，明天的事明天做好计划的观念，这样才能在人生的长河中把握自己，把握时间，同时也是在把握生命。有时间在就有生命在，有生命在就有做事的机会，有做事的机会就会有希望。

阿炳的《二泉映月》

柴秀文

　　每当听见有人拉二胡时，我不由地想到瞎子阿炳，想到《二泉映月》，尤其是听见《二泉映月》时，我仿佛看见在弯曲的路上，一个瞎子一边拉着二胡一边在轻轻地哼唱什么，我听不清他在哼唱什么，可是心里却有一股力量。有人说《二泉映月》是阿炳的艺术创造，它通俗、平民化而又高雅。琴音是世俗的，又是平凡的，阿炳拉着二胡，面对的是他自己和最普通最下层的百姓。那弦上流淌着的琴音，富有民间通俗的音符，马上就能被稍懂二胡的人所体悟。对此我有相同的感受。

　　其实阿炳不仅在拉二胡方面有独特天才，在生活方面也是尽善尽美，我所说的尽善尽美是指艺术方面。阿炳是无锡人，了解他的老人都知道他的为人，他不是没有钱财，他生在有钱财的家庭，早年他父亲也是一个稍有钱财的人，只是阿炳把钱财都败光了。有人说阿炳父亲死时他已经 21 岁了，在这个年龄段干什么都有主动性，他开始主持无锡崇安寺北边的雷尊殿道观，本来这是不错的差事，可是由于阿炳染上了各式各样的恶习，吃喝嫖赌，无所不做。渐渐地，把道观做斋事的法器都卖了，于是出现了一个生活无着穿着邋遢的穷光蛋形象。到了 30 多岁时，毒病发作，无钱治疗，双眼都烂瞎了，于是成了众所周知的瞎子阿炳。也许艺术的陶冶，阿炳看不见社会后，

96

人格却有了进步。虽然在生活上穷困潦倒，但他能在穷困中身背琵琶，手提胡琴，在妻子拿根竹竿的带动下，穿街走巷，卖艺演唱，终于用自己的力量争取了自食其力。听老人说当时发生的新闻故事，阿炳都为这感动过，也曾经编过剧本借此大骂汉奸，尤其是他对国民党政府官员想方设法利诱不为所动，在这一点上他还是很有骨气的。

在无锡，了解情况的人都知道，阿炳二胡拉得好，这跟他对艺术的精益求精有关，跟他孜孜不倦有关。阿炳小时学艺时，认真刻苦，夏天站在外面不停地练习，晚上蚊蝇多他也不怕，为了避开蚊蝇叮咬他把双脚伸进水缸里。也不知练习了多少年，阿炳已经拉得出神入化，把二胡顶在头上也能拉出曲子，还能模仿各式各样鸟叫，还有小虫的声音，小孩子哭泣的声音，想听什么他能拉什么。可是就是这样的人才居然成了流浪汉，成了穷人，而且还是瞎眼睛的穷人。在无锡，老年人曾说，如果不是新中国阿炳可能早就死了，幸而遇上新中国他又多活了几年，然而就是这几年让他艺术上突飞猛进，二胡拉得越来越精巧，越来越淋漓尽致。

有几次，一群孩子围着他，一边叫喊瞎子瞎子，一边拿来石头打他。这样的镜头，在无锡街头遍地开花，有阿炳必有小孩子，有小孩叫喊必有阿炳。城中公园的西南角大四角亭里是阿炳经常去的地方，也是他休息的地方，更是他遭受嘲笑的地方。

在这个不大的四角亭里面，已经有三面坐满了人，他们就是阿炳最信任的听众。这时可能也是他最幸福的时候，只见他坐在长条板凳上调弦，瞎眼睛忽闪忽闪的，虽然看不清方向，却也能听出观众在干什么。当他意识到观众已经做好准备时，他也认真拉起来，嘴里还要唱歌。他拉的是《苏武牧羊》曲，唱词是刚刚编的，唱词是："金钱，实在太可恨。想我戴志成，谋财又害命……"后来人们才知道，这里刚刚发生惨案：有一家老太太拿来儿子寄来的信叫侄儿戴志成去看，侄儿见是汇款单，于是把钱领出后就设法把老太太杀了……案件侦破后，侄儿被判死刑，阿炳听说后愤恨不已，很快就把

男孩最喜爱的 哲理 美文

这段故事编成了唱词。

　　阿炳为谋取生活费用，也利用二人转的说口形式，只不过他是利用另外一种方式。他像现在的二人转艺人一样，也拥有属于自己的绝活，比如他经常去的地方是崇安寺北的小馄饨店的茶楼上，他往茶客中间一站，先拉二胡，当所有人叫好后，他又说故事，绝大多数是新闻，是有关无锡的新闻。闹腾一阵后，他又是一阵快板，口里振振有词："说新闻，话新闻，新闻说嘞啥场哏（地方），说的是南北四城门……"接下来，他把新闻说一遍，有人听后甩钱给他，还有人尊敬地引他离开。苦难生活锻炼了阿炳，也锻炼了《二泉映月》，当阿炳感到自己距离死亡越来越近时，他忽然想到了他的同乡，想到与他共同爱好音乐的哥们。于是有人提出帮阿炳一个忙，在他即将离开人世间时，几个同乡的音乐爱好者把他的音乐创作抢救了下来，并及时录下了他自己的演奏。于是这些乐曲成了他的绝响，要是没有这个偶然的机会，他的传世佳作也就永远消失了。现在听众听到的《二泉映月》就是经过加工的，这支独特的二胡曲子，曾经感动过无数的观众，也使阿炳跃进到艺术大师的行列里。然而这支曲子至今让人心灵震撼，似乎诉说着阿炳在西风籁籁的长街上乞讨卖艺，孤月冷清的夜晚吃饭无着、昏暗陋室里以二胡为伴抒发内心深处的苦闷，每个音码都在凄惨地诉说着自身的苦难与不幸，还有那谁也扭转不了的个人命运和如泣如诉袅袅不绝的余音。有时我想如果阿炳不死，他现在的二胡能拉到什么样的地步？观众还会接受他吗？我想会的，一个艺人不论经历过什么，在艺术问题上心都是相通的。

竖起梦想的风帆起航

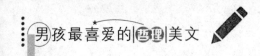

默默流淌的小清河

柴秀文

默默流淌的小清河，每天都有一种精神鼓励我，让我在闲情逸致时到它跟前看一看，看看它宽了没有，看看它流到了哪里，看看它拐弯抹角的姿态。可是当我放下手上工作来到这里时，发现它根本没有变化，仍旧同以前一样静静流淌。这时我忽然觉得它的存在与我没关系，与社会变革没关系，与所有人都没关系，甚至与这个社会都没关系，因为它从来没对人做过什么。

在我的印象里，小清河默默无闻了很多年，没有人知道它在哪里，更没有人知道它的存在。可是我知道它在哪里，也知道它的存在，小清河与大清河是可以相提并论的，有大清河在就有小清河在，小清河就是大清河的一个分支。大清河经常咆哮，弄得沿途没有人说它好，除了带给两岸群众灾难外，时不时发一场惊天动地的大水灾。小清河却不同，每天都是静静流淌，不论发生什么样的情况，它也不恼，只是一个劲向前。我欣赏小清河不与人争的性格，然而小清河能流多远，它还会在我的脑子里有印象吗？

小清河每天静静流淌，我们也渐渐长大，走到外地心里也经常想念小清河。看着这座城市越来越大，小清河距离我们也越来越近，现在已经规划到城市中了，以后的城市就是四通八达，小清河将在城市中间穿插流淌。过去的小清河，在城市建设者面前变化了，成了城市之水，水中城市，典型的城市公园，或者说公园里的城市。不论从哪个角度，小清河都有它的特殊功劳。因为工作关系，我经常路过小清河，每当看见小清河桥时，心里都有一种亲切感，这就是小时候印象最深的桥。

其实小清河不小，每天流量也不小，只是大清河在前，小清河只有甘拜下风，每天默默无闻流淌着。我所以写小清河，不仅是对小清河有好感，也是对小清河的怀念，当年的小清河与现在的小清河没什么两样，只不过欣赏角度不同了。当年的小清河让人害怕，让人担心，现在的小清河已经被改善了，它们拥有共同的美好，就是不断造福附近百姓。虽然两条河线路不同，但它们都经过铁路，这也是让我怀念的景物，每当看见铁路桥时，心里别提有多兴奋了，小清河桥与大清河桥就是不同。小清河桥在南，大清河桥在北，实际上它们之间距离并不远，可是大清河桥引人关注，小清河桥总是被冷落，总是默默无闻。为这我才想写小清河，写出小清河默默无闻的奔腾，也写出我对小清河的怀念与敬仰。小清河是什么，不仅仅是一条河，也代表一个时代，一段岁月。

当我再次来到小清河时，我看见的仍旧是以前的模样，没有人关心它，也没有人在意它，每天它静静流淌。仍旧是默默无闻，仍旧是与人没关系，与社会没关系，然而这次我认为它与我有关系，与所有人都有关系，也许这就是我看它的理由。

记得《圣经》里亚当和夏娃的故事中，人蛇原本是混居的，后来人喜欢自己独居与蛇分开。蛇也与人之间有了防范，于是人蛇不再混居，直到现在人蛇也不敢聚集在一起了。蛇的故事在小清河沿岸有传说，最动人的就是夜里救人的故事，说是有一个秀才为了赶考走了很多路，穷困潦倒没吃没喝，有一天当他路经小清河时忽然摔倒。当时恰巧有一姑娘在此路过，姑娘为秀才送来食物送来水，又为他准备吃的用的，后来秀才与姑娘一起上路。其实姑娘就是小蛇变的，这个故事留传很久。小清河年年流，自古以来没有断过，谁也想象不出小清河是什么样，可是我能判断出小清河的未来，只要有水它不会干涸，只要有人它不会断绝。不论年月如何变化，小清河仍旧默默无闻地流淌，仍旧保持它默默无闻的风格，仍旧带动两岸人民朝前奔腾。说来也巧，在以后的工作中，我有很多机会路过小清河，每当看见小清河静静流淌时，我的心也跟随流淌。我想这可能就是我对小清河的一种感受吧。

假如人生没理想

柴秀文

人的一生是有理想的，如果没有理想人的生命可能会由此暗淡，这是我多年来总结的生命感受。不是我唱高调，生命对于每人只有一次，不论如何伟大，如何具有聪明才智，最后的结果也是由理想构成。每天我们面对很多生命，不是听之任之，就是劝告他们帮助人们度过困难。其实在这个世界上的确涌现出数不清的人，涌现出数不清的事，然而归根到底论到自己身上又觉得有必要做到。不是在这里为自己辩解，而是在为朋友们祈福，幸福原来就是在一瞬间，如果以为幸福是随时随地都有的肯定是错觉。

假如人生没理想，如同世界没有太阳，生命有可能丢失意义。一个人的生存本意是为了什么，是为了他人生存得更好还是为个人利益，这是一个大是大非问题，也是年轻人最大的问题，更是世界观问题。不要以为人生没有理想没关系，走在街头，看见数不清的男女老少，他们或她们在想什么，是想国家大事，还是想个人利益，没有人知道，可是社会变革有人想知道，有人想了解情况。一个占世界人口七分之一的国家，如果百姓没有理想，这个国家怎能站起来，如果百姓没理想这个国家怎能富强。理想对于人生来说如同一盏明灯在黑夜给人照亮，理想就是一种信仰，随时随地鼓励着人们朝前迈进，有理想的人越多这个国家才能越强大。

其实中国人有理想的数不清，只不过没有多少人能把理想坚持下来，尤其是年轻人并没把理想当回事。在他们眼里，理想算什么，不当饭菜，不当酒喝，不当钱财，因此在他们平时生活中并没把理想放在心上，随时随地都有玩世不恭。假如人生没理想，不仅害了国家也害了个人，没有担当没有责任感的人能将国家放在眼里吗？每天昏昏沉沉，除了玩电脑就是看游戏，他们怎能肩负建设国家的使命。假如人生没理想，国家是朝不保夕，个人也是朝三暮四游戏人生，这样的一代人能搞活经济吗？人生是什么，生命又是什么，没有理想的人是不知道的，也是不懂得的，当国家面对强敌的时候他们这些人只有投降做奴隶。为了避免人生没有理想，就要在年轻人中建成一支有理想的队伍，让他们或她们真正懂得生命的意义，知道人生理想是多么重要。

树立理想就要坚持自己的信仰，一个人有多大理想就要有多大信仰，信仰决定人生，决定人生的理想。年轻人刚刚走向社会，尚未理解社会，对社会上的一些事缺少分析甚至看不起，因此他们或她们树立的理想有可能缺少含金量。如何帮助年轻人树立理想这是当务之急，也是每一个共产党员的责任，在中国社会主义建设中树立共产主义信仰是最大的信仰，这是务必清楚的。对我来说文学是我的快乐追求，我的所有愉快都在这快乐追求之中，我想这也是我的一个理想，一个切实可行的理想。

男孩最喜爱的 哲理 美文

举起目标的旗帜

柴秀文

　　当领导者要的就是亲和力，举起目标的旗帜，哪里需要就带动队伍朝前闯。如果当领导的没有亲和力，干什么也没有凝聚力，这样的队伍就有可能出问题。也许在新闻单位工作，对新闻有着一种崇高的责任感，尤其是重视新闻的旗帜作用，尽可能多宣传正面形象，让广大群众了解情况。什么样的旗帜可以飘扬，什么样的旗帜不能飘扬，这就是办报人的思想感情。比如现在的文化体制改革，就是文化战线上的旗帜，在这面旗帜下，如何让旗帜更加鲜明，就看我们拥有怎样的思想方法了。

　　我的思想方法很简单，就是与记者同事一起到乡下采访，到社会实践中采访，到人世间采访。虽然记者写出的是文章，但留给读者的就是深思熟虑的思想感情，在这一点上，我们做得很好，很优秀。记者的工作就是一面旗帜，经常带动读者一起呼喊，为社会，为百姓，为民生，也为自己。城市在发展，人民在前进，社会在进步，生活在富裕，这就是眼下的社会变革。而记者们的旗帜就是写出光彩夺目的文章，写出人民大众的喜怒哀乐，写出改革开放的丰硕成果，写出未来生活的富强方向。我经常在电影里看见，当部队冲上去时，只要有人举起旗帜就会有人跟随冲锋陷阵，眼下的记者同事们写出的文章不也是这种艺术形式吗？

旗帜是什么，旗帜就是一种前进的动力，有旗帜在前就有努力在前，有部队在前，就有冲锋陷阵。社会变革最需要的就是这种冲锋，能够冲锋的只有记者，当然也有各行各业的先进事迹与英雄人物，这些社会先锋就是眼下社会实践的旗帜。社会有了这些旗帜就有了前进的动力，也有了进步的目标，数不清的努力也是滚滚而来，英雄辈出，旗帜鲜明，和平共处的社会应运而生。在这个优越制度下，数不清的人都有自己的努力目标，或奔钱财，或奔权势，或为自己一时营私，或为国家百姓的苦难。其实我想说的是每一个人都应当是一面旗帜，是时代的旗帜，是社会的旗帜，是进步的旗帜。一直以来，我也想当一面旗帜，可是在冲锋陷阵时总是感到力不从心。是我没有努力吗？是我缺少什么吗？都不是，是我觉得谁都有能力冲锋陷阵，谁都有能力跑在世界的前面，而我这面旗帜只有心甘情愿落在后面，看同事前进，看朋友们努力。长期当领导者，长期担当一种责任，我的心在鼓励，我的思想在沸腾，我的情绪在飞翔，每天心甘情愿举着旗帜……可是个人的力量毕竟有限，如果所有人都是旗帜，还需要我这面旗帜吗？

当人人都是旗帜时，这个世界是什么样？眼下旗帜在前，还有谁不努力前进呢？

男孩最喜爱的 哲理 美文

自信是一粒种子

柴秀文

一个人是否成功关键是看他是否拥有自信，自信对人来说意味着什么？意味着成功，因此自信就是一粒种子，谁能获取它谁就有收获。如果说人的世界观是一片田地，自信就是一粒种子，只要种在土地里，一定会有收获。自信对一个人来说就是成功的希望，有自信就有希望。一个人如果没有自信，如同一个人没有思想感情，没有灵魂，干什么也没有乐趣，成功谈何容易。

在社会实践中，自信对年轻人十分重要，绝大多数有成绩的年轻人都有自信，他们每天奋战在生活的第一线，接触各式各样的人群，解决数不清的问题和矛盾，他们靠什么这样，他们靠的就是自信心，靠的就是责任感，靠的就是不懈的努力。自信是鼓励自己的最好武器，谁掌握自信谁就拥有前进的动力，即使在生活中碰到各式各样的困难也会迎刃而解。不要看不起自信，看不起自信的人就是一种自卑的表现，自卑的人怎能有自信呢？在工作中经常劝告年轻人要有自信，树立正确的人生观，把自己人生前途放在显眼的地方。有人以为自信就是每天愉快，随时随地都有愉快的事做，实际上这是一种误解，自信不是愉快，自信的含义是自己的信仰，自己的希望。有自信才有信仰，有希望才有自信，希望与成功是联系在一起的，成功与自信也是联系在一起的。

　　如果说自信是一粒种子，这种子是什么样，是鼓鼓的粒，还是瘪粒，很需要让人思索。饱满的种子带给人的是丰收，丰收的人是愉快，愉快的人是朝气蓬勃，朝气蓬勃的人是知识更新，知识更新的人是扬长避短，扬长避短的人是得天独厚。用了这些词汇目的就是让读者记住我的至理名言，自信的目的是什么，不是为了显示自己，而是为了更好的展示自己的才能。人这一辈子很需要自信，有自信的人干什么都有目标，缺少自信的人干什么也是没精打采，也许这就是我为什么研究自信，研究人的命运。人的命运与自信有关系，有自信的人命运就好，起码挫折少，成功多，而且干什么都有一种得天独厚。没有自信的人命运多舛，走多少路都有坎坷，都有困难，都有艰难险阻，尤其是在成绩与效益面前时，绝大多数都不可能成功。长期以来，我一直以为自己是比较幸运的人，因为我早就将自己的自信变成一粒种子，只要种下去就会有收获，哪怕随便种上一个角落也是有收获的。

　　其实人这一生有没有自信很重要，关键是如何把握自己的信心，把握自己的信仰。一个人不在年龄多少，在于有没有自信心，有自信心的人年龄老了也是年轻的，没有自信心的人即使是年轻人也是无济于事，这就是自信与不自信的关键。我希望每一个人都有自信，都有一粒自信的种子，当所有自信的种子播种在田地里时，未来的收获可想而知。

寻找理想的航线

柴秀文

  年轻的朋友们，现在我提出一个问题：理想的船航行在哪条线上最合适，谁能回答我？在回答之前，先要弄清理想是什么，理想的船又是什么，只有知道理想是什么才能知道理想的船航行在哪条线路是合适。其实这是一个比较浪漫的问题，只不过年轻人在回答之前还需要思索一下，思索自己在干什么，以后想干什么，或者说如何为自己的未来打算。第一个问题是什么？是理想，人为什么要有理想，尤其是年轻人为什么要有理想，理想对年轻人有多重要，实际上这个问题不仅重要也是当务之急。

  理想的船航行在哪条线上最合适，这是简单的问题，可是简单的问题有时就是充满哲理的问题。其实现在的年轻人想干什么并不重要，即使他们想干什么也未必能干成什么，所以理想对年轻人来说并不重要，只不过当务之急还需要选择。年轻人走向社会第一个工作有可能就是理想与实际情况背道而驰，在校园里想象的与现实生活中碰到的不是一回事，于是有人高兴有人不高兴。比如上大学，有人选对了学校，可是毕业后分配工作与理想背道而驰，不得不违反自己意愿去做自己不喜欢的事。面对社会变革中涌现的各式各样的矛盾和问题，年轻人认识世界的能力发生变化，如何选择理想的船航行在哪条线上最合适成了切实可行的措施。其实选择是一回事，做又是一回事，在选择与做上是两回事。可以说现在的年轻人的理想有两面三刀嫌疑，一面是嘴上说的，一面又是实际做的，说的与做的又不是一回事。如果有人提出问题，理想的船航行在哪条线上最合适，恐怕没有谁能说得明白。

其实不是年轻人不懂理想，他们也是被逼无奈，在理想与现实中他们也是走马观花，或走投无路。如果让他们有所选择，他们肯定会选择能吃饭混日子的工作，这时期的理想并不重要，关键是他们是否有饭吃，是否有工作，是否能养自己的老人。在现实中，绝大多数年轻人都有过这样的经历，一边工作一边实现自己的理想，实现自己曾经拥有的梦想。他们知道自己朝哪个方向努力，知道靠钱财靠父母靠权势都有可能成为负担，最后他们选择的仍旧是自己走的路，仍旧选择自己曾经爱慕的线路。虽然这个线路比较坎坷，比较艰苦，然而并没有谁拖泥带水，他们在适用自己理想的路上走马观花，有的直截了当走到了尽头，获取成功。

说到这里有人可能才明白，原来我拐弯抹角说的是一种理想与现实的选择，是理想与生存的游戏规则。不要以为自己想干什么就能成功，有时成功与自己的理想相差太远，在这个世界上几乎所有人都有理想与现实背道而驰的传奇经历，所以年轻人想干什么或不愿意干什么并不重要，选择也不重要，关键是生活中是否坚持理想，是否继续努力，胸有成竹者才能成功。

男孩最喜爱的哲理美文

好习惯是成功的标志

曹 秀

我记得很多年前著名作家冯骥才写出一篇小说《高女人和她的矮丈夫》，在这篇小说里，描写了一个高个子妻子与她的矮丈夫走路时，矮丈夫总有一个习惯，为妻子打伞……后来，妻子去世，矮丈夫仍旧习惯性地举着伞，于是留下一个艺术空间，小说取得巨大成功。我所以提出这个小说细节，就是想告诉年轻朋友们，良好的习惯是多么重要，而保持良好习惯却是成功的标志。

习惯是什么，对有的人来说习惯只是一种偷工减料的办法，对有的人来说习惯却是重中之重。人生不能没有习惯，如果没有习惯的人很难说他能干成什么，如果有坏习惯的人也很难说他们能干成什么，好习惯与坏习惯都有自己的规律性。现在的年轻人并不知道习惯的重要性，也不知道如何养成自己的好习惯，在个别人的生命中可能什么是习惯他们都不知道，更不了解什么是好习惯什么是坏习惯了。其实习惯就是人在平时最喜欢说的话，最喜欢做的事，最喜欢的一个动作，哪怕是一个微不足道的小习惯都有巨大作用。比如有的人吃饭后爱大便，有的人吃饭后爱吃水果，有的人喜欢吓人，还有的人喜欢闹事，更多的是随意扔掉垃圾。到旅游景区参观，没有别的，有的只有垃圾，而且在这些垃圾里面有数不清的害虫，有数不清的蚊蝇叮咬人类，致使人类害病。造成人类害病的就是这些人不好的习惯，他们乱扔垃圾，乱扔水果皮，就是最差的习惯。为什么现阶段讲生态文明，目的就是带动所有人爱清洁，可是有多少人肯清洁呢？由此可见，人没有习惯不行，有了习惯不好好利用也不行，然而如何利用又是另一方面习惯。

好习惯是由于细节积累的，很多人都有很多习惯，可是他们自己有时也不知道自己的习惯是什么，他们只不过是熟能生巧，把自己的动作做得天衣无缝。这些熟能生巧的动作就是他们的习惯，这些习惯被人所利用时又养成好习惯，接下来被更多的人所利用。其实我想说的是，不论什么样的人都有习惯，这习惯有时是好的，有时是差的，或多或少就是习惯势力。在这里，习惯势力是针对社会的，只有个人才能有好习惯与坏习惯，而习惯势力就是那些社会变革下所不肯改变的一种思想感情。

生命中有了习惯就有了保障，因为好的习惯是生命的延续，不好的习惯会给生命带来各式各样麻烦。战争时期，有一个人因为爱吸烟，当他站岗时仍旧吸烟，结果他吸烟时的火光被敌人看见，忽然射击，于是他中弹倒下了。他的习惯不能说不好，也不能说有多坏，可是就是这样一个简单的习惯将他的生命送掉了，接下来带来组织上的是更大的考验。当过军人的都知道军人的枪口是不能对准自己人的，可是有一个人他偏偏不相信这样的事，有一天他端着枪朝自己人开玩笑，结果不小心走了火，同事被他枪毙了。他朝同事开枪不是故意的，可是他这个习惯害了同事的命，也害了他自己，从此他将用一生来洗刷身上的耻辱。

在这里我不想说习惯的不好，我只想提醒朋友们习惯是如何重要如何好，还有如何保持习惯如何成功，现在的人没有时间四面出击，每一个人所面对的不仅仅是一个社会，也面对一个世界，其中任何角落都有可能会有出其不意的事情，而这些事情就是由习惯造成的，一种是好习惯造成的，一种是坏习惯造成的，好与不好都有可能造成另一种后果。

男孩最喜爱的★哲理美文

为了人生的顺利，为什么不选择一个好习惯呢？如果没有好习惯不就等于有了小脑萎缩吗？

烦闷时不妨做件事

曹嘉楠

一个人不可能永远有事做，也不可能永远没事做，闲情逸致时可以读书，看报刊，还可以做其他事。尤其是独自一人时，身边没有伙伴，没有书读，这时最好的办法就是做件事。这时做什么事最好呢？一个人的时候读书是最好的，可是不可能永远读书啊？年轻人到了该做事时自然要做事，如果不做事不是荒废自己人生，荒废自己的事业吗？

其实，一个人不是非要烦闷时才能做事，当有限的时间被利用时，做自己的事就有可能被限制，这时做事就是一句空话。做事是随时随地都有的，关键是做什么事，是大事，还是小事，是急事，还是慢事，这就看做事时的心情了。很多人做事比较急切，干什么都想迅速完成，可是结果却不一样，越是急切的事越是做得不怎么样，越是慢慢做的事越是有效果。我们年轻人做事，要急切的，只争朝夕，然而，我们也要慢慢的，稳如泰山，当社会需要我们时，我们就要奋不顾身勇往直前。

不要以为年轻人不会做事，有时年轻人做的事比老年人做事还要稳妥，老年人做不到的事年轻人轻而易举。当然，年轻人没必要非要烦闷时才做事，不妨就勇于探索掌握时代的线索，主动为社会做更多的事。现在的年轻人心气高，并不主动做事，绝大多数是在父母的督促下去做事情，因此他们经不起风浪。

中国的老前辈毛泽东说过：一个人做点好事并不难，难的是一辈子做好事，不做坏事。由此可见，一个人干什么不重要，重要的是能干好什么，干成什么。在社会变革中年轻人有时遇事并不如意，总是遇到各式各样的问题，遇到各式各样的困惑，如何解决这些问题和困惑就是当务之急。我不赞成凡事都要请教，也不赞成凡事都有靠山，有时遇事还需要自己做主，自己解决。中国的年轻人靠父母习惯了，一点也不敢靠自己，靠一下自己有何妨。俗话说"不吃一堑，不长一智"，说的就是这样的道理。可惜现在有多少年轻人这样做，这样想，他们习惯了靠父母，凡事也是这样靠父母来帮助他们解决困惑，可是父母能帮助他们生活吗？

关于生活，我可能比他人有发言权，小时我就开始独立生活，即使上学我也是独树一帜。虽然我是独生子女，但学习是主要的，随时随地都有机会，只不过我比同学早走向社会，走向工作岗位，因此现在碰到困难往往比同学想得开。曾经我从事一份工作，每天天南地北奔波，每天做着自己不想做的事，而且随时随地都有危险，可是我没退缩，仍旧努力工作着。我想这就是一种精神，这就是一种力量，这就是我人生追求的目标，也是一种得天独厚的经历。

男孩最喜爱的哲理美文

再难的棋也要坚持

曹嘉楠

一个象棋专家给一个病入膏肓的小孩子题字，内容就是标题这句话：再难的棋也要坚持。这个小孩子有病后随时都有可能丢失性命，可是他唯一的希望是跟世界级的象棋大师下一盘棋。经过几个热心朋友的介绍，几个象棋大师终于答应与小孩子下棋。其中一位师傅没有来，为小孩子写出这个题字，"再难的棋也要坚持"。看了这电视节目，我记住了这句话。

其实人生有多少困难没谁知道得一清二楚，可是再难的棋也要坚持的话却是说出了人生的哲理。人有时办事是没有耐心的，即使有人有耐心也是半途而废，因此再难的棋也要坚持等于是给生命加了一些催化剂。为什么有人办事有条不紊，为什么有人办事乱七八糟，这些并不是吃得好不好，而是他们心里在思索什么。有理想有境界的人办事就有效率。没有理想没有信仰的人办事就缺少效率，不要以为人世间都有同情心，同情心也是在一定情况下形成的，这个过程就是再难的棋也要坚持。实际上再难的棋也要坚持是考验人的意志，考验人在危机四伏的时候是如何去面对困难，更考验人在生命遇到危险时是如何处理并面对的。

再难的棋也要坚持，不仅是对人的考验，也是对社会实践的检验。人与人之间有无利益冲突，在性格上一目了然，然而在面对社会变革下，有些人没有真正认清什么是困难，什么问题，他们聚集在一起以为就是一种争夺。我赞成这样的口号，叫做面对困境再坚持一下，面对人生再坚持一下，面对社会变革再坚持一下，只要坚持了，胜利就会到达。其实再难的棋也要坚持，不仅仅是性格上的弥补，有时也是对一个人的行为进行补贴，看一看他在社会实践中是如何战胜困难的。我所以这样认为，是因为平时我对自己的要求比较严格，不论干什么我都有一定规划，虽然有时不是以我个人意志为转移，但我相信再难的棋也要有坚持的信念。当我遇到困难时，首先我想做的就是如何解决那些矛盾，如何处理那些问题，我想保护自己的同时也保护其他人，包括朋友们。说到这里有人可能以为我是唱高调，年轻人与我的想法可能一样，可是我们的结果并不一样。有人比我有钱，有人比我有权，还有人比我有好工作，可是他们并没有我的好心情，这就是我的性格。岁月会锻炼人，日子会煎熬人，可是不论什么样情况下，只要坚持自己的信念，坚持自己对社会对生活的态度，就会做到出奇制胜的效果，或多或少这就是再难的棋也要坚持的原因。

由再难的棋也要坚持想到人生的态度，是否也如下棋一样，不论遇到什么样困难也要克服困难。

没有永远不动的船

曹嘉楠

　　谁不希望自己的生活是一帆风顺，谁不希望自己的人生会幸福，可是幸福有时就是一个点，还需要不断努力才能获取。有人说生活如同一只小船，说不上把自己载到哪里去，实际上他只说对了一半。在我看来，没有不动的小船，只要坐在上面就有被载走的可能性。生活也是如此，不管幸福距离自己有多远，哪怕是遥不可及也是有希望获取的，这就是巧遇。

　　在城市里，我经常巧遇他们，在生活里我也同样巧遇他们，这种巧遇就是命运，就是命运的船。有人经常说人挪活，树挪死，可是我看见不论什么东西，哪怕是树木，只要挪移，都有存在的必要。人更是如此，在一个地区生存不下去时，可以挪另外一个地区，这样的人际关系还可以维持。怕就怕这山望着那山高，换一个地区如此，再换一个地区还如此，人生也没希望了。生活中没有不动的船，人生也没有不动的船，只要努力，命运之船总会光顾自己，或多或少这就是人生的努力。不要把自己看成是一潭死水，到一个地区就要发挥作用，起码是为家庭为亲人，多交几个朋友算什么，帮助他们又算什么，只要自己这船能前行就可以了。

　　人生有时就是一条船，坐在船上嫌慢，希望自己能乘风破浪，扬帆远航。然而当丢失了外界的帮助后，对自己丧失信心，对周围环境也丧失信心，因此行驶速度就比他人慢了很多。这个时节，可以观风赏景，看着船走，顺水推舟。可是这个时节，船也可能逆水行舟，不仅不能前进，可能还需要倒退，遇险。碰到这类事怎么办，还能稳如泰山吗？其实，人生就是一条船，不管逆水行舟，还是顺水推舟，船都有前进的机会，关键是如何把握这个机会。人生谁也不可能一帆风顺，碰到问题解决问题，碰到事说事，只要正确对待什么样的事都会解决，什么样的危险也会化为安全，如果一点问题也没有，这样的人生也没滋味。如果人生是船，我这只船随时随地都有坎坷，都有阻碍，都有逆水行舟，可是我这只船也是前进的，只要把握方向前进是必须的。

在社会实践中，人生也是向前的，越是遇到困难越是向前，然而就是在向前的进程中，有时会遇到各式各样的问题，如何处理这些问题，这就是人格。现在的人似乎不讲人格了，面对钱财，面对搞活经济，几乎所有人都在讲钱财，人格值多少钱啊。可是社会公德不能不需要人格，友好往来不能不需要人格，人间彼此之间的友爱不能不需要人格，越是搞活经济越需要人格。不要以为人格不值钱了，一个人一辈子干什么都有人格，没有没有人格的人，也没有不重视人格的人。官员讲人格，军人讲人格，艺术家也讲人格，普通百姓也是讲人格的，一辈子干了什么，所有人心里都有账，迟早有人会算的，没算的尚未到期。我在这里提出人格似乎与船没关系，实际上关系紧密，人格决定人生，决定人生的船朝哪个方向努力，朝哪个方向前进。一个人到一个地区能不能站稳脚步，关键是看他的人品如何，是官员的看他是否清廉，是艺术家的看他是否执著，是百姓的看他是否偷窃。

人生如船，人格如镜，船行之时，镜子辉映。

男孩最喜爱的哲理美文

成功的渴望

柴秀文

　　我敢说自己对成功的渴望比谁都迫切，年轻时渴望成功，渴望在领导帮助下成为一个有用的人。即使现在我已经是领导了，可是我对成功的渴望仍旧存在，仍旧希望获取一定的研究成果，比如文学，比如写出多少诗歌与文章。文学是我的一个梦想，也是多年追求的目标，更是我对成功的一个渴望。有时间我写作，没时间我也写作，工作忙碌时写作，工作不忙碌时也写作，只是一切写作都以工作为主。我想说的是，就是在这种忙碌的工作中，我仍旧坚持写作，一首诗一首诗写，一篇文章一篇文章积累。有时我在思索自己写作是为什么，是为前途吗？是为名利吗？是为钱财吗？都不是，论钱财我有，论职称我有，论名利我也有。其实就是对文学的忠诚，对文学事业的一份厚爱，对组织上交给我的工作负一份责任，或多或少这就是我对成功的渴望。

　　渴望成功并不是干什么都有成功，有时也是需要付出辛苦的，没有付出如何谈论成功。有时候，有的人，有的心，并没把国家利益放在第一位，他们打着搞活经济的旗号寻找个人利益，随时随地为自己打算，这样的人能说他们是成功的吗？以个人利益服从国家利益，这是正确的，如果以个人利益用在国家利益之上，这样的人有权有钱又能怎样，也不是成功。真正的成功者是以国家利益为重,以人民利益为重,当国家出现危机时能够挺身而出,这样的人是最大成功。也许有这样模式在前,我对成功就有这样的希望,我希望成功者能为国家着想为人民着想,不论社会变革发生什么样翻天覆地的变化,也要适用于国家利益,这才是最大成功。其实我也想成功,然而我的成功不是建立在他人痛苦之上,我是以帮助他人解脱痛苦为榜样,他们成功了我就算成功。现实世界不是所有人想成功就能成功,也不是所有人希望成功就成功,能够成功的人与他们的努力分不开,没有成功的也不能说他们没努力。成功与付出是有比例的,可是成功是极少数,付出越多并不等于成功机会越大,有时付出越多越不可能成功。

渴望成功,是因为人有一种欲望,也许是名利的欲望,也许是胸有成竹的欲望,更是一种为国家为民族的责任感。有欲望不算坏事,没有欲望才是可怕的,在这里欲望算什么,欲望是生命的一种要求,是生命的最大希望。对成功者来说没有欲望就是没有成功,欲望是成功的种子,不论一个人在哪里只要有欲望就会有收获,春种秋收,这是自然规律,欲望也是如此,有欲望也是有希望,这是生命力的展示,也是社会实践的力量。谁不希望自己能获取成功,谁对成功没有渴望,当心里有欲望时希望就在眼前。

有梦最大

柴秀文

　　我在办公室里打了一个盹，居然做了一个梦，想来很有意思，不妨写出来与朋友们共享。原本一个普通梦境，为什么会产生与朋友们分享的想法呢？这里还需要说明的是，这个梦是我早想做的，只不过拖到现在才实现，这就是我曾梦想当作家。现在说当作家是很普通的话，可是当年有这想法都会让人嘲笑，谁知道自己能当作家，谁能相信自己能成为作家协会的负责人呢？有了这些，我的梦自然想与朋友们分享，让更多的朋友们知道我这个梦实际上也是代表他们做的，只不过有些晚罢了。当作家有什么不好吗？问题是当什么样的作家，写出哪些有力量的作品，这是我的梦想。当我有了梦想时，我就努力写作，写出诗歌发表在报刊上，然后思索我还需要写出哪些作品，还需要写出小说，还需要写出散文，还需要写出我的心情。只要能写的我就写，我是悄悄地写，唯恐我的梦破碎，更担心我的梦被人知道。如果是现在知道就知道，可是当时就是不好意思让人知道，唯恐有人嘲笑或说长道短，让自己的面子无处放。现在好了有了机会，写出的作品可以发表，可以出书，可以扬眉吐气。

　　在我看来，人这一辈子有梦最大，尤其是有文学梦想更是一种最得意的事。看看现在网络上写博客的人哪个不是因为有文学梦想才写作的，哪个不是因为会写出文章才上网的，与他们相比我还需要提高自己的写作水平，争取写出更优秀的作品。其实文学的梦想不只是我个人才有，几乎所有人都有，只不过有人写出作品有人没写出作品，写出作品的完成梦想，没写出作品的继续做梦。有人问文学的梦什么时候醒啊？其实用不着醒，只要活着就有文学，只要有文学就有梦想，只要有梦想就有希望。一个人干什么是有理想的，这理想就是梦想，就是希望，不必在意有人说长道短，不必在意冷嘲热讽，实现理想就是胜利。

因为有梦想起很多，因为有梦经常遇到困惑，可是哪一次都有人替我解释，于是在梦想中我度过一个又一个困惑，解决一个又一个问题。有梦是正常的，无梦才是不正常的，在有梦与无梦之间我更倾向于有梦，毕竟有梦是美好的。有梦最大是说人在生活中要树立自己的理想，要有远见卓识，不要看什么都目光短浅，只有树立远大理想才能在社会主义中占有一席地位。在社会变革中，人有时就是一个微不足道的小草，彼此之间看不起，互相拥挤，可是一旦有机会就是一片绿色。有幸在理想的岗位工作，我不想让自己的梦早早醒来，只要我的梦还在我的希望也在，这就是有梦最大。

再小的帆也能远航

柴秀文

有一阵子，我想写一篇《生命的考验》，是因为在电视上经常看见有人轻生，有人跳桥，跳楼，于是想写出有关珍惜生命的文章，可是想来想去还是没有写。没有及时写出来不是我没能力写，而是我觉得没必要写，轻生者的亲人已经够痛苦的了，我们不能再给他们伤口撒盐了，这时我想起一句话，再小的帆也能远航，再大的浪也有尽头。是的，有些轻生的人他们思想感情与正常人不一样，他们的生活水平与生活方式也不一样，因此如何对待他们是关键。

社会变革的确考验着每一个生命，有人在历史潮流中站起来，有人在历史潮流中倒下去，这是大势所趋，是历史的必然。自古以来，中国就是顺我者昌，逆我者亡。历史潮流，浩浩荡荡，真正有作为的人都在这种历史潮流中独树一帜。不要小看自己是小百姓，在历史潮流中微不足道，麻雀虽小，五脏俱全。再小的帆也能远航，再大的浪也有尽头，这是至理名言。社会不是哪个人的，生命属于自己，也属于国家，属于人民，如果浪费生命是否也是浪费国家资源，浪费国家财富，这是需要商榷的。实际上有些人轻生是因为他们受到了伤害，是他们看不到自己的目标，看不见自己的希望，没有希望就认定绝望这是可悲的。

茫茫人海，何处是岸，不仅强者要思索，轻生者也要思索。人为什么生存，是为自己生存，还是为别人生存，这是生命中的最大问题，弄清这个问题所有问题都会迎刃而解。在现实中生活，谁都有各式各样困难，哪有舌头碰不到牙齿的，只要彼此信任，还需要提出各式各样要求吗？要求达不到怎么办？有些事按要求做到，有些事可能做不到，甚至永远都做不到。做不到也不要紧，成功不是哪个人都有的，失败也是情理之中，做不了大事就做小事，有些大事就隐藏在小事之中。另一方面，生活中遇到伤害也是小事，更是微不足道，何必想不开，何必轻生。生命是每个人的，轻易结束生命是否有些操之过急，必须慎重再慎重。

在这里我还需要提醒轻生者，再小的帆也能远航，再大的浪也有尽头。轻生并不能解决实际问题，要知道自己错在哪里，知道自己应当朝哪个方向努力。有些事还需要商量，还需要努力。

穿适合自己脚的鞋子

柴秀文

很多学生不懂得买什么样鞋子，不是大就是小，穿在脚上也不合适，更不舒服。如果问及原因有可能就是他们买鞋时没有挑准自己应当穿什么样的鞋，应当买多少尺寸的鞋子，所以他们脚上穿的和实际情况对不上号码，这就是写出《穿适合自己脚的鞋子》的初衷。其实每一个人都有鞋子，大小多少也是因人而异，家庭条件好的鞋子就多一些，家庭条件不好的鞋子就少一些。可是没有谁能研究这些鞋子的构成，为什么东北人喜欢冬天穿棉鞋，为什么上海人喜欢穿皮鞋，除了气候外就是个人爱好了。

其实如果把穿适合自己脚的鞋子放在生活中研究一下，不难发现有些事与穿鞋子有关系，而且还有一定哲理。很多人在生活中不是不会穿鞋，也不是他们缺少鞋子，而是他们根本不懂得珍惜自己的鞋子，所以当他们遇到困难时先感到的就是自己脚上的鞋不跟脚，于是想方设法寻找适合自己脚的鞋子，这时他们才发现原来生活中的鞋子对人的脚十分重要。如果说鞋子是问题，人的处世哲学又是如何，是否也有一定的哲理？我想是的，人的处世哲学也是有一定的哲理，只是有人并没注意。人的处世哲学与人的世界观极其相似，有什么样的处世哲学就有什么样的世界观，有什么样的世界观就有什么样的处世哲学。在生活中，在工作中，人与人之间也是有各式各样交际办法的，这些交际办法和方式就是与穿什么样鞋子相似，道理也是大同小异。实际上我想说的就是改变人的思想方法，改革开放后社会对人的思想工作不怎么重视了，个别人也有了自己的主观能动性，可是思想方法仍旧十分重要，仍旧是社会管理中的必须方式。为什么个别年轻人不愿意接受管理，是他们思想感情有问题，缺少理想缺少责任感。

如何穿适合自己脚的鞋子，就是如何做好年轻人的思想工作，如何把年轻人在思想感情上的变化管理好，帮助他们朝进步的方向努力，让他们知道社会主义制度的优越性，知道自己现在干什么。年轻人思想开放，行为大胆，绝大多数拥有大学文凭，敢想敢做，因此帮助他们就是帮助管理社会，帮助他们就是帮助国家，不论他们在干什么，是企业还是其他行业，只要有年轻人在就要帮助他们走正确的路。在这一点上，我与领导者一样，随时随地准备帮助年轻人，因势利导搞活经济。然而我也知道我们面对的是什么样的情况，人不是年轻就有才华，也不是漂亮就有工作，年轻与漂亮是人最需要的，可是贡献却不是这样。走在社会靠什么，一靠自己的努力，二靠他人的帮助，三靠谦虚谨慎，如果没有这些即使穿适合自己脚的鞋子也是无济于事。

有意志的人失败率低

柴秀文

现实生活中经常碰到这类现象，有意志的人最容易成功，没意志的人极少成功，或根本没有成功。为什么这样说呢，因为有意志的人失败率低，他们每天都有一种朝气蓬勃的进取精神，随时随地在检验自己的努力方向，因此他们的失败率就比其他人低。失败率低做其他事就会得心应手，做事就会举一反三，渐渐地他们在万众瞩目下奠定了基础，于是当他们的事业成功时就会受到欢迎。

可是一个人在什么样情况下有意志，在什么样情况下没意志，如何识别呢？首先要知道意志是什么，它有什么含义，对人有哪些好处，有意志怎么样，没意志又怎么样。意志有两面含义，一种是毅力，一种是胸怀。有意志的人做事容易成功，没意志的人做事经常是半途而废，在生活中不是哪个人都有成功，最初成功只是一种想法，一种理念，并没有深远志向。随着时间的推动，渐渐地这种想法形成一种思想，形成一种迫不及待要做的事，有意志的人遇上各式各样的困难他们能够克服，没有意志的人遇上各式各样的困难他们知难而退，于是克服困难的人有了成功的希望，知难而退的人便开始

男孩最喜爱的哲理美文

失败，这就是成功与失败的辩证关系。

实际上一个人的成功与否关键就在意志，不论胸怀天下，还是小心翼翼，都有一种意志在其中。比如写作，这只不过是现实生活中最微不足道的事，可是有人坚持写作，一写就是几十年，最后他成功了。有的人只写出一篇或两篇文章，接下来就是享受名气，结果最后他并没成功。坚持写作的人一部又一部著作，没坚持写作的人只是一个文学爱好者，这就是成功与失败的区别，也是意志的区别。在这里要知道为什么有人失败，有人成功，不是哪个人有钱财，哪个人有权力，这些并不重要，关键就是意志。为什么有人爱好一辈子文学却写不出一篇作品，为什么有人偶尔为之却一举成名，这里有一种天才，也有一种意志。有天才是幸运的，有意志补充了缺少天才的遗憾，然而更多的则是勤勤恳恳刻苦努力，如何坚守自己的意志，如何写出更多的好作品，这又是一种情怀。在写作中经常碰到各式各样情况，凡是写作的人都有坚强的意志力，随时随地控制自己的写作进度，控制自己的良心。

有时候意志决定人的思想感情，决定人的行为，甚至控制人的一切，包括言谈举止。有意志的人最大优点就是勇于探索，具有牺牲精神，他们不因为自己一时私利而浪费时间，也不因为自己面对困难而迁怒对方，在他们心里只有一件事，这就是做好自己想做的事。有意志的人往往最容易克勤克俭，在困难面前他们勇往直前；有意志的人喜欢帮助他人，即使牺牲自己也要成全他人；有意志的人总是在调节自己的目标，当发现目标距离远时他们会及时跟进，长期坚持，从而成功越来越有希望，失败越来越少。这样的人怎会失败呢？所以一个人若想成功就要有意志，以此锻炼自己在生活中度过艰难险阻，这样的人才能成功。

你是河上显眼的浪花

柴秀文

　　不要悲观，不要难过，你是河上最显眼的浪花。虽然浪花一瞬，但有人看得见，有人会识别你是人才，只要努力你的未来不是梦。抬起头来，挺身而出！当企业利益需要你时，当国家建设需要你时，当百姓困难需要你时，相信你会挺身而出。你用行为证明你是人才，你用自己的聪明才智帮助百姓度过困难，这时的你还需要忧郁吗？还需要寻找下一步线路吗？

　　你是河上显眼的浪花，有你在就有希望在，有你在就有愉快在，有你在就有兴奋在。好好干吧，你是最棒的！好好做吧，你是最优秀的！浪花在前永远是最漂亮的，希望在前永远是最愉快的，生活对你只是一种存在形式，真正的生命线就是突破。相信你会有突破，也知道你有才华，一个人只有在困难时才能扭亏为盈，只有见识广泛才能扬长避短，而你恰巧具备这些素质。

　　此时此刻，不知我说明白没有，你是河上显眼的浪花，你的行为证明了这一点，证明你是无愧于社会的人。希望你再接再厉努力向前，希望你振兴中华扬眉吐气，希望你孜孜不倦永久保持自己的青春朝气，希望你助人为乐

男孩最喜爱的哲理美文

敬仰他人。其实我的希望不多，只是希望你能走一条胜利的路，走一条光彩夺目的路，走一条没人走过的路，这时的你才是真正的人才。不要怕有人嘲笑，不要担心有人冷嘲热讽，生活不是哪一个人的，嘲笑并不说明什么，当你学会审时度势时你可能已经拥有了属于自己的风格。

知道什么是生活吗？知道什么是前途吗？知道什么是帮助人吗？这些重要，有时也不重要，关键是知道自己的位置在哪里。有人需要帮助，有人不需要帮助，可是你的位置是不动的。浪花永远在尖端，在尖端就会显眼，就会闪亮，就会被人发现。在悠悠河上，你是最显眼的浪花，是最尖端的浪花，是最亮光的浪花，所以你是最有位置的，最容易被人发现的，也最容易成功的。不要以为自己做不成什么，有些事你没做已经有人替你做了，有些话你没说已经有人替你说了，这就是瞬息万变的生活。

在河边走，经常见到各式各样的浪花，在社会中交际，经常碰到各式各样的人。然而有一条规律可以记住，不论看见什么样浪花都有最尖端的一朵，不论看见什么样的人都有最出类拔萃的一个，我的意思是说只有人才是最伟大的。

在困境中寻找欢乐

柴秀文

只要稍稍有时间我就回顾过去时的苦难，检验自己现在都在干什么，是否还有责任感，是否还有进取心。其实我发现自己每被人压制一次内心都有一种坚强涌现出来，久而久之形成一种自信，成为我奋发图强的标志，也是至理名言。一个人有多少磨难并不重要，重要的是能从苦难中度过，能将苦难总结成一种经验。然后享受它，利用它，让自己在苦难中越来越强大。生命是一种存在形式，享受苦难也是一种存在形式，不论什么样生命存在都有苦难的故事发生着。在这里我说的苦难是一个人成长的经历，当一个人呱呱坠地时就有苦难发生了，这时人的生命开始存在了，实际上十月怀胎就是从苦难开始的。

人在一个地方住久了会产生感情，我也是一样，在一个地方住久了也有这种感受，离开时有些恋恋不舍。其实不论在哪里都有这种感受，哪怕在一个学习班上，只是短短几天也是如此。朋友之间，上下级之间，同事之间都有感情。可是我想说的是另一方面问题，就是如何在困境中寻找欢乐，如何在困境中度过艰辛岁月。谁也不愿意碰上艰辛岁月，可是一旦碰上了怎么办？我的经验是在困境中寻找欢乐，在困境中寻找解决烦恼的办法，在困境中寻找搞活经济的途径，在困境中寻找希望。现实中的人绝大多数是为钱财苦恼，每天为找不到钱财而伤脑筋，造成精神压抑四面楚歌。有时寻找只是一个过程，解决才是最终目的，在寻找中才能安慰自己安慰他人。谁也不是一出生就是愉快的人，也有烦恼，也有忧郁，也有各式各样困惑和不解，然而困境毕竟是暂时的，只要找到正确的解决办法人类生活就有希望。希望是什么，希望就是生活中的愉快，生命力的展示，有希望在就有生命力在，有生命力在就有寻找解决困境的途径。不是有钱就可能有工作，也不是有钱就可能被提拔，困境谁都有，关键是如何对待。有人遇到困境隐藏自己担心有人陷害，有人遇到困境挺身而出伸手帮助他人，也有人遇到困境冷嘲热讽，可是他们的心里都有一本良心账。

在困境中寻找欢乐，实际上就是指导人如何面对困境，面对矛盾，面对各式各样问题，寻找解决的办法。有些人不怕困难，在危险面前他们敢作敢为，甚至有困境他们抢着做。可是也有另外一些人，在困难面前他们吓破了胆，每天忧心如焚。如何在困境中寻找欢乐，寻找愉快，已经成为当务之急。俗话说困难是弹簧你弱他就强，困难是块铁谁碰谁流血，只要胸有成竹什么样困难也不在话下。其实困难是什么，困难只是一个问题，或是一个矛盾，找到解决的办法就找到了走出困境的方式。一个人的成长会碰到各式各样问题。一个企业的管理也会碰到各式各样问题，一个国家的建成也是如此都有各式各样问题，如何化解矛盾，解决问题，关键就是如何在困境中寻找欢乐。不要小看这种方式，如果一个人情绪不好就有可能影响工作，影响周围环境。

用思考推开生命之门

有哲学思想的羊

柴秀文

　　有一只小羊很爱学习，不论是吃草时还是在活动时，它都有一种劲头，喜欢琢磨。有的羊就看它来气，说长道短，弄得小羊经常不知所措。也许时间长了，小羊在实践中领会到现实中有些事是不必学的，于是放松自己的追求，结果没有羊再说长道短。然而时间久了小羊似乎感到缺少什么，每天生活得并不开心，于是它又开始琢磨，琢磨自己，琢磨羊群。最让小羊琢磨不透的是羊经常被其他强大动物吃掉，小羊琢磨不透到底为什么，夜以继日琢磨着。最后它明白了：羊就是被吃的，被吃也是生存。

　　之所以写出这则小故事，原因就是告诫现在的年轻人知道什么是困难，什么是享受。很多年轻人都有富二代经验，在他们的小脑袋里缺少对社会的正确性分析，甚至有人不知道什么是好什么是坏，这样的人生观怎能适用于当代社会变革。有哲学思想的小羊，它知道自己活着是被吃掉，也知道活着是艰难险阻的，可是它最终仍旧选择活着。现实中的人呢？难道还怕困难吗？人活着是被管理，然而有贡献的人有时不是被人管理，而是管理别人，这样的生存不也是有意义的吗？另一方面，小羊都有自己的哲学思想，人为什么不能有自己的思想感情呢？在社会变革中，人想干什么不想干什么，并不完全靠外人管理，有时也是靠自己的。有时我问小羊般的同事，幸福的路还能走多远，同事笑逐颜开，他们知道我想问什么，无非是人生哲学，于是一笑了之。社会生活给人带来很多麻烦，有的人浮于事，有的人尽其才，有的人冷嘲热讽，有的人嘲笑他人，结果他们自己也被嘲笑。为什么现在有很多作家写底层，实际上就是写底层百姓的苦难，写出底层百姓的生活中遇到的困难，写出底层百姓在社会变革中遇到的各式各样矛盾和问题。

有哲学思想的羊，表面看是一则虚构的故事，然而说明一个道理，虽然生存是危险的事，有时又是危机四伏，可是还需要生存。小羊是在示弱，它不是自卑，也不是向强者进攻。由此可见，它的心理素质很强，生存哲学很强大，在这一点上小羊的哲学就有意义。一个人如何进步，不只是身边领导者管理，有时也是自己管理自己，而自己管理自己的关键就是思想管理。也许有人并没认识到这一层，可是并不能因为没有认识到这一层就缺少对这一层的管理，人的思想，人的精神，都需要有这一层管理。其实哲学是什么样有人未必清楚，值得注意的是现阶段的社会管理很重要，从上至下都有人在抓紧时间研究社会管理，而且是初见成效。在我们的身边，什么样的企业适应社会，什么样的机关适应百姓，不是没有研究，而是很有研究，这些研究成果就是一种哲学。人类在社会变革中一定要适应社会，适应各式各样的困难和矛盾，解决遇到的各式各样的问题，只有这样人类才能进步。

其实长期担任领导工作对哲学家比较了解，类似有哲学思想的羊我也见过，只不过因为工作分工不同我对此没有态度。时代不同了人的世界观也发生变化，有人想方设法弄钱，有人想方设法弄权，可是他们都忽视了社会管理，忽视了他人的存在。人与人之间互相形成一种对立，或多或少影响每天的工作情绪，有的为找不到工作烦恼，有的为找不到对象抱怨。他们面对困难时不是解决，而是互相推辞，你的成功是我的，我的差错是你的，没有一个人挺身而出，没有一个人肯负责任。这样的社会管理行吗？我们生存在沸腾的时代，每天的血都是沸腾的，言而有信是所有人的榜样，激情飞跃是所有人的目标。在这样情况下谁能无动于衷？我写出这则故事，就是想教育个

男孩最喜爱的★哲理美文

别人要有同情心，不要以为人都是羊，有时人的思想感情比任何事都重要，要学会尊重人。社会的发展和变化是离不开人的，尊重人是当务之急，只有尊重人才能使用人管理人，最后达到为人类服务的目的。

别让生命沉甸甸

柴秀文

　　长期在领导岗位上，接触很多同事，发现有一个问题很重要。这就是个别同事心情沉重，每天总有不开心的事，有时这种情绪影响工作。因此我提醒同事注意，不要让不愉快的事压抑自己，更别让生命沉甸甸的，开心一点好不好？其实想扭转这种情绪主要还是靠个人，生活是自己的，情绪也是自己的，如何把握关键在个人的修养，靠他人是不可能达到目标的。

　　如果人的情绪不愉快，肯定会影响工作和生活，甚至影响其他方面。生命是什么，最主要的就是情感，如果情绪不愉快如何生活如何工作，又如何与人为善。所以不论干什么，都要注意自己的情绪，既要不影响工作，也不影响生活，每天愉快生活。自己愉快，也让他人愉快，更让自己周围的环境愉快，只有周围环境愉快了才能带动所有人的愉快。为什么赵本山的小品那样搞笑，重要的原因就是有一种力量，笑的力量，愉快的力量，有这样的力量怎能不愉快呢？每年的春晚就是证明，愉快是万能的。

　　在生活中经常碰到很多困难，如何面对困难，克服困难，这就是每一个人如何摆脱烦恼，如何让自己愉快的问题。生活不是万能的，谁也不可能总是一帆风顺，有问题，有矛盾，有困惑，这也是正常的，关键是如何处理这些问题和矛盾。为什么有的人处理问题很及时，当他们遇到困难时，面对困惑时，他们没有迷茫，而是充满自信站起来，在困惑中站起来，这就是他们的品质。在这里不能不强调品质，有品质的人不论在哪里都有站起来的勇气，没有品质的人在哪里都有一副奴隶样，这样的人他们情绪能好吗？每天忧忧郁郁的，苦难深重般，看见领导点头哈腰，看见没有自己的好处马上怒吼，这样的人能说他们胸有成竹与人为善吗？生活对谁都是平等的，只要努力，只要认真对待生活，不论发生什么样困难，都有战胜困难的勇气，都有战胜困难的机会。

有人说我有钱了我就没有烦恼了，干什么都愉快，其实不然，有钱了也有烦恼。生活不是因为有钱了就没有烦恼，也不是因为无钱就有烦恼，生活的高兴与愉快不是有钱没钱决定的，而是由人的思想感情决定的。人的思想感情是什么样，生活水平或生活方式就是什么样，在这一点上生活就是生活，感受就是感受，有钱有有钱的矛盾，有钱有有钱的问题，这就是烦恼的根源。一个人的心情的好坏不是钱财决定的，是由各式各样生活中存在的问题决定的，谁也不可能没有问题没有矛盾，因此遇到困难产生烦恼也是正常的。如果说烦恼少些，愉快多些，这是对的，关键是靠人的主观努力，人生不是容易的，为何总让生命沉甸甸呢？在这一年里，有些很明白的话没听明白，有些很明白的事没做明白，听不明白的话做不明白的事肯定会有不明白。今年已经过去，明年即将来临，干什么不干什么也不知道，只是一种选择。人生就是无限制的选择，选择好了命运也好，选择不好命运也不好，怪不得他人。

给人生写下目录

柴秀文

人这一辈子有数不清的经历，只不过没有人注意，因为谁都以为自己的经历微不足道，所以对自己干什么并不在意。可是我在意，我觉得人生应当有一个日记本，应当将自己的人生写出来，让更多的人了解。也许有人说我没时间，这不是主要原因，没时间可以写出一个目录，也是人生的目录，起码让人看后一目了然。人生在世求的是什么，做的又是什么，不同人有不同的意愿。

没时间写自己的传记，就给人生写出目录，能及时写出目录也是一种愉快的事。虽然现在的人没有经历过战争岁月，但和平年代的人也是历经艰难险阻，哪一个人不是在艰苦奋斗中度过，哪一个人没有一段困难的日子。给自己写出目录，就是告诉那些不知什么是甜蜜的年轻人，告诉他们老一代人是如何度过艰苦岁月的。也许自己的人生目录很渺小，可是聚集在一起就是一片森林，一个人的生命是有限的，所有人的生命聚集在一起就是无限的。哪怕一件微不足道的小事，在历史潮流中也是占有一定地位的，因此写出自己的人生目录至关重要，也是人生的必然。给人生写出目录，是一种生命的留存，生命固然可贵，也是短暂的，如何在短暂的岁月留下生命痕迹，这也是一种存在方式。不要以为这些没用，说不上哪一个年月有人会提出来，某某年月日有人写出了什么，某某年月日有人留下了生命的纪要。是的，我们生存在这个伟大时代，肩负着国家使命，人民重托，几乎没有多少人在顾及自己，更没有人顾及自己人生了，因此写出人生目录也是大势所趋。

生命是什么，社会又是什么，每一个人都有目录，只不过没有写出罢了。在我的人生中也是有目录的，有的是一本流水账，有的是一本计划经济学，有的就是人们日常所说的一种消磨，而我恰巧就生存在这些消磨中。其实人生有时并不是想写什么就写什么，也是有计划的，盲目性的人生有时就是一种虚张声势，只有那些切实可行的措施才能在计划内实行。生命给予每一个人的并不是盲目性，只有在计划内实行后才有机会展示，这就是生命的目录。在这里，我说的生命的目录就是一种思索，当我们面对社会变革时，必须要有一种计划，这计划有时是属于个人的，有时是属于集体的，为了更好的生存必须计划周密，这周密就是生命的目录。我是希望自己有生命的目录的，让自己不论干什么都有一种规律性，都有一种象征，如同机关企业有规章制度。生命的目录表面看是针对个人的，实际上并非如此，有时也是所有人才有的一种目录，这种目录就是计划内的展示。我们需要平台，生命的目录就是平台展示的基础，有这个平台就有机会，有这个平台就有一条生命线，这条线路就是生命的目录。

其实现在看来，我的人生就是一本丰富多彩的宝贵书籍，有了生命目录促使我在任何时候都能一目了然有机会完成。然而有了目录并不等于人生有了完整的计划，个别章节还需要填写还需要补充，有些材料还需要认真回顾，只有如此才能写出优秀的书籍。

男孩最喜爱的哲理美文

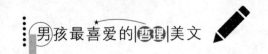

人在何时最幸福

柴秀文

　　最近我做一个试验，人在什么时候感到幸福，在什么情况下感到愉快。一般来说，我这个试验很特殊，不是有钱时感到幸福，也不是被提拔时感到愉快，人是见到自己亲爱的人时感到幸福，见到亲爱人的朋友时感到愉快。另一方面，人在见到自己父母时感到愉快，见到自己兄弟姐妹时感到幸福，也许有人想不到人为什么会变成这样，或多或少这也是社会变革的作用。过去有人说吃饱饭就是幸福，娶媳妇就是幸福，实际上这些都是短时的，人生的最大幸福就是生命的存在形式。有的人有钱财可是他们并不幸福，有的人有权力可是他们也是不高兴，他们已经是现在绝大多数人崇敬的人物，可是他们每天仍旧是忧心如焚。为什么被人羡慕的人每天过着生不如死的日子，为什么他们每天忧心如焚，其中的原因又是什么，难道这个世界上真的没有快乐吗？

　　实际上人生一辈子不如意的事十有八九，愉快的事寥若晨星，可是所有人都是乐观面对，只有少数人忧忧郁郁。人在何时最幸福，又是在何时最愉快，研究心理学的哲学家说过："人是高级动物，有语言，有思想，有感情，因此人没有愉快。"可是我不明白的是，人为什么不愉快，又为什么忧心如焚，重要的原因就是他们多愁善感，加上他们头脑简单心胸狭隘，遇事妒忌，这样的人怎能有愉快，这样的人怎能不忧心如焚。如果一个人每天面对他人有成绩而自己一无是处，偏偏又妒忌成性，心情能好吗？我所以研究人，研究人为什么愉快，为什么忧郁，重要的一点就是人有时真的比动物还需要帮助，还需要开导和驯化。也许有人会对我的研究吃惊，其实不然，有些人表面看他们是人类，可是研究他们心理渐渐发现他们的心理有时与动物都有差距，这样的人能说他们是幸福的吗？由此可见，人在何时最幸福，不是由他们心理决定的，而是由他们素质决定的，由他们知识更新决定的。

　　人是社会存在，又是构成社会的细胞，可是不是所有人都有贡献，不是所有人都能知道幸福是什么，高兴又是什么。这是与他们的知识水平有关系，与他们处世哲学有关系，与他们文化教育有关系的事情，如果抛弃这些人可能一无是处。我经常劝告年轻人多读书，认为他们读书就会有进步，然而有时发现年轻人读书并不进步，有时他们会比以前落后了，于是我在思索这是为什么。有钱他们不幸福，有权他们也不幸福，读书他们更不幸福，难道世界上没有让他们幸福的事吗？难道幸福与他们没关系吗？其实不是没关系，完全是因为他们尚未找到幸福，不知道什么是幸福，绝大多数年轻人在心里想的是父母给他们设计好的前途，与他们自己努力没关系，一旦遇上各式各样的问题他们就困惑了，甚至不知所措慌乱无章。这样的年轻人能有幸福感吗？如果年轻人没有幸福，老年人更是缺少幸福了，实际上现阶段的老年人他们一辈子都在为儿女操心，因此他们对幸福感受最深。

执著与坚持的哲学

曹 秀

一直以来，有很多年轻人想方设法当作家，每天除了读书就是写作，把自己忙碌得够呛。可是最终的结果很残酷，没有多少人成为作家，也没有多少人写出惊天动地的大作品，绝大多数的人随声附和，绝大部分的作品轻描淡写。为什么会有这类现象？重要的原因就是是否坚持，是否努力，是否执著，是否懂得写作规律性，如果什么也不懂得，写出的作品肯定平淡，失败便是正常了。

为了检验自己是否有才华，只要上网查一查马上就可以查出哪个报刊征稿，于是信手拈来写出来发出去，如果有才华稿子就能发表，如果没才华稿子发表不了，这就是检验。如果稿子发表了以后还需要写下去，如果稿子没有发表以后不可能写下去，关键看是否执著，是否坚持，而文学恰恰就是一种坚持的科学。很多人说自己有才华，可是真正检验时他们的才华不翼而飞，于是他们寻找各式各样借口说自己生活艰难险阻，碰不上好运气。其实不然，是他们没有执著，没有坚持，因此当机会来临时他们背道而驰。

文学是写心的事业，不是心血来潮，还需要坚持每天写出作品，以此锻炼自己写作的才能。然而坚持也不是容易的事，坚持读书，坚持写作，坚持研究，坚持努力，坚持付出，可是即使这些都达到了也不可能达成最后的目的。因此这里是有学问的，写作看外表很容易，实际上写出真正文学作品是艰苦卓绝的，具有很深刻的艰巨性。在中国文坛，绝大多数成名作家在他们成名之前都有数不清的付出，都有数不清的汗水，都有数不清的被人看不起，被人嘲笑，被人冷嘲热讽，然而他们并没气馁，仍旧孜孜不倦达成目的。如果说他们成功的经验只有一个就是坚持了自己的心意，坚持了文学只有付出才能收获的道理，播什么种子开什么样的花。实际上，在生活中成功者数不清，不仅作家如此，科学家也是如此，也是要经历数不清的付出和努力，最后才能达到目标。而他们成功的经验也是坚持，当他们为了科研成果研究时，当他们只差一个项目就要成功时，当他们流血流汗努力时，他们知道只有坚持才能得到收获，由此可见，坚持是什么，执著又是什么。在此我想劝告年轻人，不要三心二意，看准的事就要做，只有做才能成功。一个人想干什么，不仅仅是想，也要做，这是最重要的步骤，只有在做中才能积累自己的才华，在做中寻找成功的机会。同样年龄的人，为什么有人成功有人失败，最大的问题就是他们的处世哲学不一样，有的人随心所欲，有的人认真做事，于是认真做事的人成功了。

社会变革给予所有的人成功机会，可是成功并不是轻而易举就能得来的，也是要经历付出，经历努力才能得到的。更确切地说也是要经历坚持才能得到，如果没有执著的理想，执著的努力，就是每天唱歌也不可能达到目的。如果没有持之以恒，没有坚韧的性格，想办事是不可能的，想成功更是痴心妄想。历史人物浩如烟海，哪个成功者不是在坚持中成功的，哪个不是执著努力达成的。当一个人努力付出时，坚持越久得到越多，坚持越久经验越多，这就是坚持的好处，这就是坚持的哲学。

男孩最喜爱的 哲理 美文

猛虎如何变弱小

张誉漾

老虎原来是很凶猛的，可是不知为什么动物世界里开始对老虎有了微词，动物们绝大多数提出要求改选动物世界的首领，尤其是老虎不能再当山中之王。当这些微词传到老虎耳朵时，它心有余悸，如果不改变现状动物不答应，如果答应改变现状不是砸了自己饭碗吗？每天每天，老虎都为自己的处境担心，见到每个小动物它都要点头礼让，以示自己之好，实际上是害怕动物们造反。

可是动物们看见老虎对它们改变态度，开始肆意，有的胡作非为，更有的胆大者敢朝老虎发威。有一天，一只小兔子居然朝老虎吐口水，骂着：你这家伙吃饭也不看看是谁在喂你？老虎被骂得羞愧难当，赶紧找地方隐藏，可是其他动物也是狂骂不止。老虎走到哪里都有动物朝它狂骂，狼在它背后指桑骂槐，猴子在树上摇晃树枝，小鸟在树上拉屎……

到哪里生存呢？老虎没办法，面对如此欺负它的动物世界，老虎渴望与动物搞好关系，可是动物对它并不友好。

终于，老虎愤怒了，朝动物扑去。老虎愤愤然：老虎不发威，你当我是病猫哇！

从此，动物界不再有提出改革的意见了，山中之王照常是由老虎担当，其他动物也不敢在老虎面前肆意，更不敢胡言乱语了。

我所以写出这则故事，就是想告诉朋友们注意搞好人际关系，不要以为不说话的人就是好欺负的，也不要随意欺负他人。现实世界，人与人是平等的，友好往来也是需要的。应当明确老虎就是老虎，位置就是位置，换言之，权力就是权力，钱财就是钱财，还需要正确对待。其实现在很多人看不起他人，经常以为自己有权有钱肆意欺负他人，结果弄虚作假，最后被人嘲笑。为人处世要勇于担当，该发脾气就发脾气，该说长道短就说长道短，谁也不可能一辈子不被人说，人与人相处要的就是诚心诚意。可是现实生活却不是这样，很多人并没有诚心诚意，每天他们生活在人群中看不起这个看不起那个，结果他们什么也没做，只有欺负人了。我想说的是，不要以为有钱有权就随便欺负人，老虎有老的时候，人也有老的时候，何况权力或钱财只是少数，不可能长久。靠权力或钱财欺负人的人最后没有什么好结果，只有互相尊敬的人才能得到他人的尊敬，这是历史的经验。

人生就是一种坚持

张誉潆

　　早晨跑步得出一个结论，人生就是一种坚持，不论干什么都要坚持，坚持越久越有成果。比如文学，当年我写作时并没想到现在会出版书，经过几十年的努力终于如愿以偿，虽然与那些著名作家没法比，但总算是让我在文学路上尝到了甜蜜。一个普通百姓能够成为作家，又是国家级的会员，这在我的所在地是少见的，可以说是几十年来第一个。当然我的所在地不是没名人，国家级的作家也不少，我说的是现在居住地，以后谁能超出我的位置尚未定局看以后的发展吧。换言之，也是看以后谁能坚持下来。

　　其实不仅是文学需要坚持，爱情也是一种坚持，如果想得到爱人必须努力追求。有的爱人并不是容易追到手的，必须付出辛苦或汗水，否则前功尽弃。人没有十全十美的，缺点错误也不是没有，个别的缺点错误可能会更多，情侣之间也是如此，也有各式各样的缺点和不足，如何与他们或她们打交道关键看他们或她们的人生态度。愉快会一帆风顺，快乐是办事的法宝，交际是流通渠道。想靠一朵玫瑰骗取朋友的信任是不可能长久的，必须要在生活中建成真正的友好往来，这才是爱情的长久之道。

　　工作也是一种坚持，坚持越久越有成果，这是显而易见的。年轻人想被提拔，能够让领导重用的原因与条件就是坚持工作有成果，可是有多少年轻人坚持下来呢？绝大多数年轻人凭借父母关系弄到了较高职位，他们坚持下来了吗？没有，在中国几乎没有一个人能固定一个单位，一个岗位，绝大多数的人都有调动的可能性。唯一让他们坚持下来的就是一辈子在一个单位，这是没关系的一类人，不论他们干什么都有各式各样的困难阻碍他们，因此当他们有成果时也是有阻碍的。对他们来说，坚持也是一种人生困惑，越坚持越没有好结果，越坚持困难越是多，这就是社会变革造成的矛盾。除此之外，没有人能帮助他们，坚持也是枉然。由此可见，人生也是一种坚持，坚持越久生命越长久，看看那些长寿老人他们的人生经历就是一种坚持。在坚持中，能遇上各式各样的问题和困难，谁坚持了谁就有辉煌，谁坚持得巧妙谁就会趾高气扬，如果说这里有什么秘诀，只有坚持。如果说人生是一种坚持，大事坚持，小事还需要坚持吗？好事坚持，坏事还需要坚持吗？这就是哲学家的问题，希望人人都是哲学家，人人都有贡献。

　　然而人生的坚持不仅仅是生命的坚持，也是哲学的坚持，更是思想感情的坚持，精神的坚持。可以说全世界都有这种生命的坚持，思想感情的坚持，这种坚持有时又是一种回顾，检验过去人生的坚持里面到底有多少价值。

真实是人的本质

曹嘉楠

有必要写出一篇文章,写出人的本质,也许有的人并不知道人的本质是什么样,我想说人的本质各式各样。有文化教育的人本质好一些,没有文化教育的人本质差一些,然而并不是说有文化教育的人本质一定要比没有文化教育的人本质要好多少,有时有文化教育的人本质要比没有文化教育的人本质要差点儿,这不是绕口令,实在是我对社会中存在的人的真正认识。其实生活中有数不清的人很真实,只不过并没有人感到他们真实,甚至听了他们的话感到虚伪,这就涉及人的本质。

人的本质是什么,有人说是贪婪,有人说是高尚,还有人说是虚张声势。到底是什么样,不同人有不同理解。在我看来,人的本质是愉快,是天性,是遇事兴高采烈,遇事忧心如焚,有了这些烦琐的事就有了人的本质。不要把人的本质看成是一成不变的,是好,是坏,都有定型。好到什么样,坏到什么样,都有一定的限制。人不可能只好不坏,也不可能只坏不好,好与不好是由人的内心决定的。人的内心是什么,为什么还需要内心决定,这是心理学范畴。在社会中,很多人说话口是心非,他们的本质并不是这样的，只是社会变革让他们见风使舵。或为自己的利益，或为他人的利益，有时为搞活经济进行持久的争夺战，结果害了很多人，包括他们的亲戚朋友们。人为什么到了一定程度仍执迷不悟，为什么不想一想自己到这个世界上来干什么，难道仅仅是为赚钱吗？或多或少这就是我现在不相信人的心理，毕竟这是一种见异思迁，让人看不起。

　　有时我琢磨人的精神世界是什么样，是不是一个人一个样，还是所有人都一个样？人为了利益可以出卖朋友们，这是什么问题，是钱财关系吗？有一个问题可以说明，这就是抗日战争时期中国有数不清的汉奸，他们也是为了利益出卖中国出卖国家利益，没有谁认为他们做得对，可是至今仍旧有人在做亲者痛仇者快的事，难道他们也是汉奸吗？我不愿意说长道短，不是我不愿意，是我尚未找到机会，中国人当了日本人的汉奸没有清算他们，反而成了有功之臣，这是哪里的逻辑。说真实是人的本质，这是所有人都懂的道理，可是真正在实践中没有谁真实，也没有谁认可，都在撒谎。当面一套，背后一套，在这个世界上似乎只有撒谎才是真正的生活。看看身边的人，没有谁不撒谎，没有谁说真话，当面不说，背后乱说仍在继续。

生命钟声由谁敲响

曹嘉楠

生命的钟声由谁敲响，是由个人敲响，还是由他人敲响，这是一个重要问题，弄清是必要的。在自然界，如果是在寺院，这种钟声是不会被人注意的，然而这是我的钟声，代表绝大多数的生命。这钟声来自幽深的远古，来自历史深处，来自世纪的继往开来，来自新时期的承前启后，在所有人心中敲响，于是引人注目。生命还需要坚持多久，还需要谁来敲响？

闲情逸致时我问自己，这就是你吗？我的钟声，我的追求，我的继承，我的永远。每一声响，如同重锤敲得我心灵震撼，敲得我热血沸腾，敲得我热泪盈眶，也敲得我潸然泪下，可惜，这时的我尚未领悟人生，尚未了解情况，尚未懂得珍惜，空留遗憾。其实人生是分四个阶段的，少年时期，青年时期，中年时期，老年时期，不同阶段有不同性格，不同性格造成不同生命的展示。有些人活着是为自己，有些人活着是为他人，生存方式不同贡献也不同，为他人活着的人贡献往往比他人要大。

生命是一种力量，有的人有生命却没有力量，有的人力量很大生命贡献却不大。在错综复杂的日子里我也是问自己，这就是你吗？我的钟声，我的目标，我的方向，我的生命力。面对多少世纪你仰天长叹，还有多少人间情感，还需要多少风起云涌，尽管岁月飘荡，年龄失落，你还是守卫着信仰，守卫着新风尚。可是我们呢？我们的生命如何呢？贡献在哪里？

一年又一年，一天又一天，钟声响在心里，也响彻云霄。每当听见钟声响起时，心里都有一种感叹，是叹息岁月，还是叹息年华？是，又不是。不希望有钟声响起，每响一次心都有被敲的感觉，心灵激昂，山河震荡，连体内的灵魂也是不安。本想跨世纪，谁知刚刚迈步就被钟声敲得四面楚歌，灵魂不安。幸运的是，我在钟声里渐渐长大，渐渐成人，也渐渐成功。

现在，钟声再次敲响，我的心已经腾飞，于是我询问：这就是你吗？我的钟声，我的寻求，我的小心翼翼。也许往事不易回首，可是心里仍旧独树一帜，人生都有一瞬，我的一瞬在哪里？此刻，是我敲的你吗？还是你敲的我？弹指一挥间，我的钟声再次敲响，迎接新时期的太阳。然而我仍旧询问，我的钟声由谁敲响，谁能让我轰轰烈烈趾高气扬，谁能让我扬眉吐气飞黄腾达？

其实人生不过就是一次次敲钟，敲得越响越说明生命已剩不多，好在迎接自己的下一步是辉煌。

拒绝施舍是不是为尊严

曹嘉楠

　　有一个小孩看见一个捡破烂的老太太，他也捡了几个破烂交给老太太，谁知被老太太拒绝了，他以为老太太嫌少，就掏出自己的钱送给老太太，结果被老太太吐了满面春风，这春风就是人们的嘲笑。在这里有一个问题提出来，为什么老太太不要小孩捡的东西，也不要小孩给的钱，难道她嫌钱少吗？原来老太太也是有尊严的，在老太太看来，小孩损害了自己的尊严。

　　老太太的尊严且不论，就说小孩帮助老太太也是一种尊严，小小年纪有如此孝心说明孩子尊敬老人，有善良之心。老太太拒绝小孩子也是错误的，而且伤害了小孩子的尊严，不知老太太拒绝小孩子后她是什么样的心理，当她拒绝的一瞬间想到的又是什么。一个可能被帮助的人不肯接受帮助，是一种什么样的心理在作怪，是她看不起人世间，还是人世间有些事对不起她才造成她的拒绝。更让人思索的是，老太太拒绝的同时还吐了小孩子一身嘲笑，由此可见，老太太并没有什么样尊严，倒是小孩子让人尊敬。

　　实际上，老太太的行为也让我看出什么是社会，什么是吃喝拉撒睡，什么是悲欢离合，什么是喜怒哀乐。如果单从施舍来说老太太是有尊严的，然而更多的问题是老太太背后在发生着什么样的事，小孩子背后有什么样的背景，这是让人思索的。我觉得拒绝施舍是一种暗示，里面的社会背景让人警惕，有困难应当得到帮助，那些肯帮助的人也是受人尊敬的，哪怕是小孩子。不要以为自己年龄大了就拒绝帮助，尤其是拒绝小孩子的帮助，小孩子虽然小，但帮助人的时候比大人还有承担。为什么有人形容老人是老小孩，关键就是老人有时不敢面对自己年老，不敢面对小孩子对自己的同情和帮助，因此当小孩子帮助她们时往往产生抵触情绪。

其实我想说的是，社会分工已经造成数不清的人穷困，如何帮助穷困的人的确是当务之急。问题是有多少人在拒绝施舍，有多少人是为了尊严，是为个人尊严，还是为国家尊严。每当外国受灾时，有很多国家为之捐款，可是极少有拒绝的现象，在他们看来这是当仁不让的事。可是老太太的拒绝说明什么，是为尊严吗？可能是，也可能不是，总而言之，拒绝有时并不是为尊严。

一生能有多少梦想

曹嘉楠

人的一生中能有多少梦想，拥有多少思想？我觉得这是一个问题，如果不明白肯定会影响人的世界观。有人提出怀疑，梦想与思想是一回事吗？我可以坦白地告诉他们，梦想与思想不是一回事，梦想是虚拟的，思想是真实的，梦想与思想不可能划等号。有梦想的人并不一定有思想，有思想的人并不一定有梦想，梦想与思想可以相辅相成，也可以独立。不要以为梦想没有作用，甚至以为微不足道，谁这样想谁就错了。梦想是随时随地都有的一种唯心史观，是人类心灵世界的产物，有多少梦想就有多少希望。一个人一生中有多少梦想谁也不知道，然而有一个梦想就够了，用不着太多，梦想多了反而浪费。有时我思索，梦想多了是不是野心呢？一个梦想是一个野心，十个梦想就是十个野心。如果人人都有野心，那么这个世界是不是太贪婪了？

梦想是什么样？谁见过梦想吗？其实，谁也没见过，梦想，如果真见过梦想就不存在了，只有没见过的才能是梦想。有人提出怀疑，梦想是人类具有的，还是其他种类也有梦想，比如动物，比如植物等等，都有梦想吗？按照唯物主义来说，什么样的生命都有梦想，动物有梦想，植物也有梦想，哪怕是一株小草也是有梦想的。是梦想让它们存在，是梦想让这个世界上有了生命力。就说人吧，每一个生命来到这个世界上后，他们的第一感观就是存在，希望自己有饭吃，有衣穿，有房子住。由于生存的环境不同他们的梦想也不同，有梦想当官的，有梦想有钱财的，也有梦想为国家做贡献的。不同的文化教育拥有不同的梦想，不同的梦想决定人有不同的世界观，梦想与世界观不是一回事，但又是一种互相联系的存在方式。有梦想就有世界观，有世界观就有梦想，梦想影响世界观，世界观决定梦想。我不相信一个整天钻在钱眼里的人他们会爱国，更不相信一个每天都与情人约会的人会有善良，好的就是好的，坏的就是坏的，好与坏是互不相容的。在这一点上，梦想起决定性作用，很多人忽视了这一点。

不是有人提出口号吗——让梦想成为现实。这口号唯利是图，又是响彻云霄，让所有人心灵振奋，梦想能成为现实真是一件高兴的事！可是人世间的梦想真能实现吗？社会变革真能让所有人心灵得到安慰吗？未必，梦想就是梦想，现实就是现实。梦想是随环境变化而变化的，即使一个梦想实现了下一步的梦想又开始了，谁不希望自己的日子好，谁不想获取愉快呢？一个梦想接着一个梦想，一个目标接着一个目标，其实我也是有梦想的。我的梦想就是好事多多，好人多多，希望所有人的梦想都实现。

找回自我，拥有自己

巩照坤

人心是复杂的，总有很多想法甚至杂念。人的内心就如一间杂货屋，永远难以清理。当人们清除内心所有的杂念和恶意想法时，人内心散发出了灵魂的醇香，才真正拥有了纯真的自己。

当一个玻璃杯中装满牛奶的时候，人们说："这是牛奶"；当它改装菜油时，人们会说："那是菜油"；只有当杯子空置是，人们才看到杯子，说："那是一个杯子"。这样看来，当我们内心中装满成见、财富、权势的时候，就已经认识不到自己了，便失去了本真的自我。人往往热衷拥有很多，却往往难以真正地拥有自己。当人们拥有成见、财富、权势等个人利益的想法时，它们便掩埋了人们内心深处的纯洁。人们知道，童年是纯真无邪的，孩子的心里装的都是些纯真善良的东西。当成年后，步入社会，感受了社会的污浊后，便拥有不少邪念，处处只为自己着想，那时的纯真善良早已在人们的内心中模糊了。

在这一方面，我深有感触，当我是一名初中生时，内心可能就不那么单纯天真了。随着竞争的激烈，学生们的嫉妒心越来越强，都不情愿落后于别人，都希望老师对自己好。这仅仅是自己的瞎想，无法改变别人。但这种想

男孩最喜爱的 哲理 美文

法随着年龄的增长而逐渐转化为动力，那时你所拥有的权势便可激发出你内心所有的嫉妒与愤怒。这就是社会的险恶，这就是生活的险恶。但当你去海边、郊外游玩时，便抛开了一切杂念。人的内心由善良与邪恶组成，当你抛开了邪念，尽情享受这碧海蓝天时，心灵的污浊将会被洗涤的一干二净，只剩下善良的自我。人的内心即使再污浊，也不可能想从这美丽的大自然中索取什么。人们这时才明白，只有内心善良，才能拥有自己；只有拥有自己，才能拥有了真正的幸福。

因此，我们要用善良的一面，用内心好的一面去看生活，生活才会变得十分美好，人们才能获得真正的幸福。

敞开心扉，面对生活

巩照坤

我的一些朋友，最近老是遇到烦心事，整天闷闷不乐。我细去询问，他们便像倒苦水一般诉说着，我一听，原来都是些生活中的小事和琐事，我听罢后，便对他们说："敞开心扉，面对生活。"

开始时，我也时常为一些小事而计较，可我逐渐发现那其实是在自寻烦恼，生活中，人们都"井水不犯河水"，又何必整天因处处提防别人而心事重重呢？即使有人故意要伤害你，他又能把你怎么样呢？这些小事并不值得你去在乎、去纠结、去计较。只要乐观的去面对生活，你便抛开一切杂念，也不担心其他人会伤害你，会触动你的利益，这时，你就会发现生活是多么美好。你对着生活微笑，生活也会对着你微笑。

曾经有人问过一个禅师："如果有人要拿刀子捅我，该怎么办?"禅师便拿起一把斧子扔向天空，斧子落到了地上。禅师问："你听到天空喊疼了吗?"那人说："没有听见啊!"禅师问："为什么天空感觉不到呢?"，那人不知道该怎么说。这时，禅师意味深长地说："斧子扔得再高，也触及不到天空的皮毛，那是天空很高远，很辽阔。如果一个人有天空般宽阔的心胸，别人就是在向他放暗箭，捅刀子，也无法伤及他的心灵。"可见，如果你不为小事而计较，对生活充满信心并十分积极乐观，那些人便找不到什么办法来伤害你，因为伤害不了你，所以便不把你作为目标了。因此，敞开心扉，有一个宽阔的胸怀，在你今后的生活乃至你的整个人生都将受益。

敞开心扉，面对生活。让自己变得豁然开朗、豁达乐观。当你成为一个胸怀宽阔的人时，你就会发现世界是如此美丽，人生的春天也悄悄来临。

事物都具有合理性

——读《南瓜与坚果》有感

巩照坤

　　一些事物在生活中往往不尽如人意，人们总觉得假如事物能符合自己的意愿就好了。但如果你换位思考，其实它这样安排也是有它一定道理的。就拿大自然中的一个实例来说吧：

　　有一位游客走累了，坐在坚果树下休息，他注意到前方一根细藤上面结了个巨大的南瓜。"自然界的一些现象真是荒谬，"游客暗自嘀咕，"如果让我来创造这个世界，我会让万物回到它本来的样子。大南瓜长在结实的大树上，而坚果则应该结在细藤上面。"这时，一枚小坚果从树上掉下来。打在他的脑袋上。震惊之余，游客抬头望着树干暗想："天啊！原谅我的傲慢自大吧！假如从树上掉下来的是一个大南瓜，我岂不是被砸死了？"

　　从这个故事中我们可以得出：事物往往是如此的，看起来不合适的，也许正是合适的。大自然中万物的安排，都有它的道理，不会瞎安排的，看问题不能从单一的方面去看，用片面的眼光去看事物往往会认识错误。生活中也是这样的，各种事都有不尽如人意的一方面，但却不能依着你的性子来，各种人的看法和认知观念都是不同的，因此你只有适应这个社会，才会在社会上快乐积极的活下去，但不可能让这个社会适应你。只有适应社会，才能更好地融入社会，立足于社会，干出一番大事业。朋友们，努力吧，愿你们早日实现梦想，早日成功！

终点就是起点

曹嘉楠

终点就是起点，从这一站到下一站，每一站都是旧的结束，新的开始。从一到二，从二到三……无限延缓，没有终点。自然界就是没有终点站，宇宙也是如此，都没有终点站。生命呢？生命有终点站，一个人的生命有终点站，一个动物的生命也有终点站。

一卷挂历铺开，十二个明星各自守卫着岁月，每一个日子都紧紧贴近前一个日子，将命运折叠。他们或她们在起作用，没有人知道他们或她们都在干什么，只是羡慕妒忌恨，他们或她们有钱财，有名利，也有权力，可是老百姓有什么。然而他们或她们的生命也是有终点站的。任何人的人生是有终点的，平时并没有谁注意，直到生命的终点时他们才能醒悟，生命即将画上句号。也许从这一天开始，人生又是一个重复，又是下一个生命的开始。知道生命有终点站，就要对生命尊敬，珍惜生命，每做一件事都要看一看距离生命的终点站还有多远，是加快步子走向终点站，还是想做好每一件事制止终点站。考验就是从这时开始的。

有人说锦上添花容易被人遗忘，雪中送炭才会带来永恒，生命的路标没

男孩最喜爱的一百篇美文

有答案，风起云涌的岁月掀起有希望的日子。不要怕夜里崎岖的山路，闪光的太阳下仍旧是灿烂的岁月，人生就是在一个起点又一个起点中开始。谁画上句号，谁就有可能再生，物质不灭，来世也是一样。其实，我活着只做一件事，年复一年写作，夜以继日写作，每天只有开始没有结束。

生命的过客

曹嘉楠

　　我是一个生命的过客，当我从娘肚子里走出来时，我就已经注定成为生命的过客，我从来不怀疑自己这种感觉是否正确、是否严谨。我相信自己所有的激动都来自自己的亲切和温暖，这是我的生命动力。有时我在想如何做好自己分内的事，如何让自己做到有一分热发一分光，可是想来想去最后的结果并不如意，时而遇上各式各样的问题和矛盾。

　　在生命的潮流中，人生是没有平凡的，然而所有人几乎都在平凡中起步，这也是平凡中的不平凡。每当经历一件事后，我都有几个阶段在琢磨，下一步的故事是什么样的，是悲壮的，还是感人的，我不在意，生命匆忙，我的认识也是匆忙。行走在天地间，心灵已经疲惫，在历史潮流中努力实现美好的路线，建成理想与现实的桥梁。或多或少这就是我寻找的目标，是我的行动路线，让我在这桥上成为人生的过客。也许没有谁能改变社会，更没有谁能改变我的人生，该走向何方，我一时尚未定性。值得庆幸的是，我将拥有生命的旅游伙伴，拥有生命的价值，并与真诚的朋友们一路同行。不论是谁，都是我的朋友，都有可能一路同行。

不论生命的潮流如何错综复杂，生命都有匆忙的一面，男人是过客，女人也是过客，他们随时随地都闪耀着时代的光彩，有人说如果没有改革开放，也不可能有国富民强，更不可能有生命的匆忙，也不会有那些数不清的灵魂和失而复得的思想。我知道自己的想法偏向，作为过客我还是做得很不够，类似鲜花的东西我并不齐备，然而并不等于我得不到果实。我活在世上，只能默默无闻，孤独前行，对那些引导我走向何处的伙伴，我将以微笑回报他们。至于回报他们则是我心甘情愿，谁让我知道自己是生命的过客呢？我是生命的过客，其中原因是我不想与任何人争夺什么，道路在迷茫中延伸，优美的感觉使我在旅途中获取快乐。尽管周围发出可怕的呐喊，我的良心仍旧隐藏在角落，观察那些不被人注意的线索，随时随地阻止那些拦我前程的生命的过客。

我是生命的过客，因为我是一个公民，虽然看不起有些人的恶霸行为，但我仍旧胸有成竹，希望为国家做贡献。有时我看见那些粗糙的双手，企图帮助他们获取什么好处，哪怕是微不足道的好处也心甘情愿的付出。有时我不忍心与他们争夺，更不愿意看见他们两手空空，能够给予他们的我给予，能够帮助他们的我帮助，或多或少这就是我生命的座右铭。

我是生命的匆忙过客，来也匆匆，去也匆匆，可是贡献不空。

男孩最喜爱的哲理美文

不当和尚也撞钟

柴秀文

　　走在街上，我忽然产生一种想法，人生是从什么时候开始的，是从生下来开始的，还是从劳动开始的，或者说是从思想开始的。面对这些乱七八糟的问题我真的是一筹莫展。不是我胡思乱想，生活中有数不清的事让人摸不着头绪，有时又想入非非，把自己的人生从前想到后也没想来办法，只好是得过且过当一天和尚撞一天钟。写到这里，也是会心一笑，当一天和尚撞一天钟容易，只要面对现实不想入非非，谁能夸大自己，谁又能压倒自己？只要保持自己的一份真纯，生活还是美好的。

　　其实当一天和尚撞一天钟是中国人的俗语，意思相当明确，现在被我用在这里，也是生命的秘密。现实社会总是听有人在唱我们的生活充满阳光，可是真正走入生活中发现社会并不是自己想象的那样，并不是随时随地都有阳光，有时也是有数不清的麻烦和矛盾，有数不清的斗争。人在社会生活中为什么要互相斗争，是为利益吗？是为自己吗？是为国家吗？是，也不是。有人是为自己，有人是为国家，有人又是为那些个人利益，其中也有少数是为自己的人生搞争夺战。

　　人在自然界里斗争，是与自然斗争，从自然资源里发现适用于自己人生的物质财富。

人在社会中斗争，是与人斗争，如果不能出类拔萃，最后的结果是自己被人嘲笑，丢失各式各样的利益。

人与自己斗争，是心与心的较量，是思想感情的需要。说大了是信仰，说小了是私心杂念，或者说是野心。

其实人在斗争中都有法律伴随着，以前的人缺少法律知识，缺少规章制度，以后的人渐渐有了法律知识，有了规章制度，一切都有规章制度，人与人之间，人与社会之间，人与各式各样的思想感情都有数不清的关系，这就是人的社会关系。

人在社会中占据什么样地位，不是看他们拥有多少财富，而是看他们做出多少贡献。有贡献者行天下，没贡献者寸步难行，这跟过去时的有功者赏，有过者罚没什么两样。人生就是如此，有贡献者得天独厚，没贡献者得过且过，有的人生活飞黄腾达，有的人生活水平低落。人与人之间没有区别，只有贡献大小，这是另一方面问题。一个社会关系是好是坏，不是看人拥有多少财富，而是看人的思想感情有多深，先进事迹与人为善，落花流水被人看不起，这就是社会的残酷与无情。

做一片树叶随风飘荡

柴秀文

　　当秋天来临时，树木上的叶片开始摇晃，今天落下一片，明天又落下一片。这时是秋高气爽的季节，苦尽甘来是人类收获的季节，可是对叶片来说又是最残酷的季节。因为这个季节里它们可能失去绿色，失去生命，失去生命本身。我经常告诫朋友们，不要小看树叶，哪怕一片树叶它也是有生命的。树叶很小，可它的心胸不小，走到哪里都有一种贡献，这就是叶子的境界。

　　树木靠叶片吸取氧气，叶片每天都在工作，尽职尽责，为树木摇旗呐喊。当树木繁荣昌盛时，叶片开始迎来秋天，剩余的绿色也渐渐丢失，可是它仍旧贡献，哪怕化为泥土也心甘情愿，这种精神只有叶片才能做出来，这种风格只有叶片才有。生命的存在形式各式各样，然而人的生命是什么样，叶片的生命又是什么样，叶片给人的是最好的启示。人是最有主见的，可是叶片却没有主见，有时叶片的生命不属于自己，属于谁连叶片自己也不清楚，这是奇怪的，又是高尚的。人与叶片哪个更有价值呢？其实人与叶子最大的不同就是贡献不同，人有生命无可非议，叶子有生命也是无可非议，然而贡献却不同。人对社会的贡献是有目共睹，叶片对树木的贡献只是植物之间的贡献，或者说是对自然界。贡献的意义不同，岂能与人世间相提并论？

可是叶片的作用非同小可，它们的贡献有时的确连人也不如，这就是叶子的境界。比如叶片可以死亡，可以将自己化为泥土，然后成为下一届年轮的开始。而人行吗？生命去了还会再来吗？谁听说过人的生命没了还有死而复生的？

做一片树叶很自在，想怎么样摇摆就怎么样摇摆，其实我对叶片很看重，心甘情愿做一片叶子随风摇摆，只要尽善尽美，何必在意生命。然而叶片的坚定有时又是无奈，被风吹着想坚定也不能，不摇摆也不行。叶片贡献自己后又经过一番努力，又是一片叶子，然后为树木服务，这种周而复始的生命实在让人感叹。有时我在想人不如一片叶子，如果人的生命也是周而复始该多好啊！叶片周而复始，人生哪能有轮回呢？既然如此，只好心甘情愿做一片树叶随风飘荡，在人类社会上摇摆，也是幸运的事。

生命的力量

柴秀文

　　生命是有力量的，不论什么样的生命，只要是生命就有力量。生命的最初形式是原始性，人的生命与动物的生命没什么区别，即使现在人类社会进化到了高级阶段，人的生命与动物生命也是有共同点的，这个共同点就是生命的原始性。我不知道自己生命的原始性在何时表现出来，也许是小时候，也许是青春期，也许是在哪个特殊性阶段。然而我知道自己的生命具有特殊性，具有一些人没有的聪明才智，我经常在思索自己生命的原始性在哪个阶段，是不是有生命就有生命力，是不是原始性生命对每一个人都有。

　　其实我想的可能多了，人类社会没必要把自己固定在一个圈子里，也没必要让自己的人生充满危险。自己有了生命也就有了生命的力量，这力量随时随地都有，帮助我努力克服困难，克服生命过程中的一个又一个障碍。有时我在思索生命是什么，为什么会有生命，假如生命不存在了我们还会存在吗？我是无神论者，生命是什么，生命代表什么，这是神圣的问题。然而我知道不论生命是什么都有共性，这就是生命代表着生存，代表着努力，只要我们珍惜生命，只要拼搏努力生命就有力量。在我个人的生命经验里，珍惜生命也是珍惜时间，珍惜时间才能更好地为国家工作，为人民工作。每当我遇到困难时，都有生命力在提示我努力，使我随时随地都有一股朝气蓬勃的精神，或多或少这就是生命的力量。有人说人活一口气，佛活一炷香，生命力却是持久的。实际上真正生命的力量是在人遇到困难后展示或暴发的，越是在困难时危险时越能展示一种生命的力量，这就是奇迹。

对一个人来说生命的力量是微不足道的，如果把这些微不足道的力量聚集在一起就可能形成一股巨大的力量。换言之，生命是宝贵的，但宝贵的生命只代表个人的，如果聚集在一起就是力量，这样的力量是战无不胜的。然而我想说的是个体的生命力量，比如在灾害面前，很多个体生命就显示出奇迹。四川地震时就涌现很多这样的例子，一个人被倒塌的房屋压在里面，几十小时过去，他们仍旧奇迹般生存。如果不是生命的力量，哪个有如此胆量说不吃不喝挺过几天几夜，可能用不着三四天就会有人受不了。可是在地震中，就是有人奇迹般生存，一星期，甚至两星期，还有的二十多天，他们靠什么生存，靠的就是生命的力量。当生命有力量时，表现在人的思想感情上就是坚持，没有人会说自己坚持不了多久，也没有人肯定自己的缺点和错误只是生命存在的形式。

然而生命不是万能的，有些人有生命却没有力量，有些人把生命当成社会变革的阻碍，这也是不正确的表现。我所以写生命的力量，就是想告诉人们灾害并不可怕，可怕的是心灵里有没有灾害。现在的人生活自理能力差，别看有人活着，可是活着的目的不同，有人活着是为了他人活得更好，有人活着是为自己活得舒服，世界观不同活着的目的也不同。不论是为自己活着，还是为他人活着，都有顽强的生命力，这生命力就是通常说的力量。生命有力量这是好事，如果生命力差点儿，在这个世界上生存肯定会吃苦头，而且是吃各式各样的苦头。有幸我在这个世界上生存，虽然没有吃苦头，但也知道苦难在哪里。有时我在想，生命的力量就是顽强，就是把自己的努力变化为他人的幸福，这是世界上最伟大的思想感情。在宇宙中，真正有生命力的除了生命以外还有那些带动世界朝前奋战的勇士，他们是宇宙的神，是现实中的英雄，这就是另一方面的精神力量。

男孩最喜爱的哲理美文

　　精神也是有生命力的。思想感情有生命力，精神肯定会有生命力，而且产生的能力是史无前例。不要以为只有具有生命的动物才能拥有生命力，除此之外还有各式各样人类所看不见的事物也具有生命力，宇宙星空，天体变化，都有生命力。在我看来，人的生存在就是一种能力的暴发，有的生命是人类的，有的生命是动物的，有的生命不是人类也不是动物的，是社会的，是宇宙的，又是灵魂的，包括思想感情和精神变化。世界观的存在越持久越说明世界观也是具有生命力的，越具有生命力越拥有持久性质，这样的生命力量也是空前的。中国人好像不研究宇宙，对社会化的生命力没有管理，人与人之间除了生命外似乎没有什么关系。其实人是什么，宇宙是什么，社会又是什么，都有生命力的展示，都有生命力在暴发，这暴发的间隙就是生命的力量。人类与自然相比哪个更有生命力，哪个生命力的展示更具体，自然有数不清的生命力，而人类只有一次生命，只有一次展示生命力的机会。自然包括万物，而人类只限自己，这是孤独的生命力，我所说的生命的力量是生命力，也是凝聚的力量，这是真正生命力的展示。我们每天看见的是个体生命的展示，他们充其量只是一个生命，并不代表任何生命力，只有众多的生命团结在一起才有生命的力量。

大话人间真善美

尊重成长的希望

柴秀文

　　我每天都要看很多报刊，阅读量是很大的，可是我还是要抽时间搞工作，搞其他经济管理。也许有人早已经熟视无睹了，可是我不行，责任在肩膀上，我必须负责任。现在的报刊行业呐喊声很大，改革的气氛也浓厚，说不上什么时候这里也适应全国形势搞改革，于是阅读就成了我的习惯。当了一辈子领导者，现在要当作家，当记者，而且当他们的负责人，真的让我兴奋。可以说我是内行领导内行，记者管理记者，作家管理作家，阅读与写作紧紧联系在一起。

　　其实有些事我不必上前，不论从哪个角度都有人才顶替，报社里藏龙卧虎，人才济济。为了尊重每个人，我必须上前，哪怕他们用不着我也是这样，不这样我心里不安。年近半百，我的爱好与事业联系在一起，这是值得庆幸的事。在报社，我就是一座桥梁，一头是作家，一头是记者，肩负两种责任一种使命。写作时把握自己的情绪很重要，轻松的，愉快的，舒畅的，甚至于忘我的境界，这样写出的散文才能感动读者。我试着这样写作，也试着这样做，说不明白的事我写出来，写不明白的事我说出来。我是两条腿走路，每迈进一步都有朋友们帮助，我尊重他们，同样他们也尊重我，也许这就是互相尊重，共同进步。

尊重写作的希望，就是尊重彼此的友情，实际上也是尊重成长的希望。一个人不论干什么，都有成长的经历，年轻人如此，年老的人也是一样，成熟与否不在年龄，而在贡献。每天阅读的时候，我总想读到轰轰烈烈的文章，可是少得可怜。很多报刊上的故事千篇一律，并没有新花样，除了偶尔有一两篇精彩的新闻报道外，其他一无所有，于是盼望下一期报纸，希望有新闻出现。曾经数次我问自己，爱这个职业吗？是的，我不仅爱这个职业，也尊重这个职业，包括任何一个员工。然而每天都感到时间不够用，阅读浪费我很多时间，也浪费我很多精力，这个职业就是浪费时间浪费生命的，可是我却在想方设法爱护这个职业。我经常在想我选择错了吗？回答是没错的，如果是其他人也是这样选择，既然如此就爱这个职业。我选择了报社，选择了写作，选择了人生最后一搏。

在这个社会看人一定要看准确，看不准确吃亏的是自己，吃苦头的也是自己，极有可能连累他人。一个人不论想干什么都有成功的希望，都有成功的愿望，所以我们要尊重每个人的成长，尊重每个人的愿望，这也是希望。

男孩最喜爱的哲理美文

读不完的名家书

柴秀文

家里收藏很多书，绝大多数是名家书，起初每得到一本名家书都要把它读完，分析名家是如何写出的。渐渐地，名家书多了，读书的时间少了，数不清的名家书也读不完了。尤其是有了名家书后，并不是像以前那样废寝忘食地读着，以前没书借书看，哪个朋友有哪个名家的名著，不吃饭也要弄到手。现在有了购买力，名著多了，可是读书时间却少了。我想说的是，工作把我们的读书时间淹没了，加上名家不断写出新书，不断出版新书，使我们的读书时间越来越少，越来越读不完名家的书了。

其实，读名家书还需要一个科学方式，一个人不可能读完所有人的书，即使用一生时间也不可能读完所有人的书。因此，这里有一个科学读书，科学利用时间，尽可能安排自己读书，安排自己在哪个时间段读书。只有这样，才能读更多的书。现在的人每天都在忙碌，没有谁有充足时间读书，若想读书只有挤时间，否则读书只能是梦想。实际上，不是不想读书，实在是读书时间少得可怜。不是不爱读书，实在是缺少读书的空间。生活方式，工作环境，把我们的读书时间挤没了。为什么有人提出在厕所里读书，为什么有人提出在车上读书，为什么有人提出在野外读书，原因就是他们被生活方式所困扰，不得不寻找读书的时间，寻找读书的机会，即使这样他们也得不到充足的时间认真读书。为此我庆幸，自己生活在一个读书的环境，又是工作之便，因此读书就比他人多了些。算起来，我读过的名家书有很多，具体说来已经数不清了，可是我仍旧寻找名家的书读，并且是认真地读。

我读名家书有特点，一是看他们的成名度，二是看他们写出了什么名篇名著，三是看社会上对他们的厚爱，四是看他们有哪些故事，五是看他们写出的著作有没有历史价值。具备这五点我就愿意读，同时也心甘情愿收藏。当然我读名家书也是有条件的，不是哪个名家的书我都读，有时在名家名著面前我也是有挑选的。熟悉的多读，不熟悉的少读，感动的多读，没感受的少读，在读书与不读书之间有计划地选择，这是我读书时的最大感受。有时我会将一本书放在怀里，随时随地认真读着，哪怕读过一个章节，也让我感受深切，也许这就是名著的魅力。名著有一种吸引力，哪个名家写出新书后我都要想方设法弄到，然后每天逼着自己读着，顾不上吃饭，顾不上睡觉，也顾不上其他，哪怕匆忙看上一眼也能心安理得，也会了结自己的心愿。即使这样，读名著的时间也不充足，如同穷人家的孩子一样，经常是饿一顿，饱一顿，稍有时间就迫不及待抓紧时间读书，以了心愿。

我经常思索，在读书这个问题上我为什么比别人读的书多，原因不仅是工作职务，还有我会挤时间。鲁迅说过：时间就是海绵里的水，只要挤就会有时间。是的，我现在深深体会到先生说这话的含义，时间对任何人都是平等的，就看如何对待了。如何处理书越来越多，时间越来越少的矛盾，的确是每一个读书人的当务之急。另一方面，我想说的是，现在读书与过去读书不一样了。过去读很多名家书，现在不同了，朋友们陆续送给我很多他们写出的书，读的书显然比过去多了很多。实际上，现在的我不仅读名家书，无名作者的书我也读，有时比读名著还需要用心。我经常想，别看他们现在没名，说不定将来有一天他们就是著名作家。

男孩最喜爱的哲理美文

喝茶想到了什么

柴秀文

在工作中最多的是喝茶，有时是喝他人倒的茶，有时喝的是自己的茶，久而久之，喝茶就成了习惯。前不久，有朋友来电话请我喝茶，可是我哪有时间喝茶，只好退回朋友的邀请。可是我人不在茶馆，心里已经在想他们喝什么茶了，而且知道他们在想什么，准备干什么。其实每次喝茶时我都有收获，一是对朋友们的，二是对文学的，三是对工作的，实际上喝茶时想到了责任。不是所有人都有责任，也不是所有人都有我这样的想法，现在的人很狡猾，他们绞尽脑汁想方设法为获取利益达成目的。

喝茶原本是一种消遣，可是喝着喝着渐渐喝出了责任，喝出了问题，喝出了想象，喝出了改革开放，喝出了搞活经济，喝出了天翻地覆。有时我在想，人为什么要喝茶，是茶有什么营养吗？是，也不是。喝茶是一种解渴，与营养搭配没有关系。然而人在喝茶时所表现的姿态却是让人敬佩的，有人喝茶细细地品，有人喝茶一口闷，有人喝茶反复折腾，有人喝茶雷厉风行，喝茶慢慢成为人生活的一种要素。在喝茶时，性格不同表达式也不一样，思想感情不同喝茶的速度也不同，喝茶带动的是友爱，喝茶送给彼此的是友好往来，这次你请我喝茶，下次我请你喝茶，只要感情在，迟早有一天会在茶馆里相见。因为工作关系我经常喝茶，各式各样的茶馆也去过不少，各式各样的老板也接触不少，他们或她们都有一套看家本事，每次喝茶都见他们或她们灵机一动招待喝茶客人。

在喝茶时，有招待茶，就是客人来了主动倒茶，这是经常见到的一种方式。客人旅途劳累，口渴，喝茶是必须的。餐后茶，就是饭后喝茶，酒喝完了，饭吃完了，剩下的就是喝茶了，总不能饭后就离开吧？于是喝茶成为一种消耗，消耗时间，也消耗自己，更是消耗生命。对领导是消耗，对自己也是消耗，对他人更是消耗，没有喝茶便没有消耗，生命就在喝茶中消耗了。实际上喝茶还有一种方式，因为闲情逸致喝茶，因为工作也是喝茶，因此最容易造成妒忌。有了妒忌怎么样，妒忌会让人失态，妒忌也会让人吵架，彼此吵得天翻地覆，有时还需要掀起茶桌，摔了茶杯，砸碎茶馆，冷了茶友的心。

我喝茶时经常碰到各式各样的人，碰到各式各样的事，可是每次我都化干戈为玉帛。我不想得罪哪个人，也不想看他们表演这样的节目，工作是工作，生活是生活，最主要的是他们或她们来喝茶都有一种友谊，我不想扫了他们或她们的兴致。看着他们或她们喝茶，我心安理得，有这样的安排我会得心应手，有时工作关系就是在喝茶中建成的，只是不知他们或她们在喝茶时想到了什么。我是想到了自己的责任，只要他们或她们喝得好，休息好，我就算是尽职尽责，下一次喝茶时我仍旧是这样。

冷的世界暖的心

柴秀文

　　有人提醒我，这个世界是冷漠的，所有人的心都在发生变化。可是我认为虽然这个世界是冷漠的，可是人心是暖的，不信吗？在以钱财为中心的社会变革里，有数不清的人被钱财奴役着，也有数不清的人被钱财包围着，他们每天面对的是钱财，随时随地都在为钱财而争夺。可是也有一群人在为国家着想，在为人民着想，他们每天面对的是各式各样的困难，解决的也是各式各样的问题，对这些人能说他们是冷漠的吗？他们关心人，帮助人，照顾人，能说他们是冷漠的吗？肯定地说，这个世界还是好人多。

　　一个富二代走在街头看见倒地的妇女，她上前帮助，并用自己的车将妇女送到医院，当有人采访夸她是富二代时，她拒绝这种称呼，不要叫我富二代，救死扶伤是我应当做的。一个消防队员为救一个受伤的驾驶员，冒着汽车随时有爆炸的危险，三进三出驾驶室，终于救出驾驶员。一个解放军战士路过一座桥时，发现有人跳桥，他跃然而下，救下轻生者后他悄悄离开。一个警察看见有人行凶挺身而出，救下被伤害者后愉快摆摆手，这不算什么。实际上生活中类似这样的人随时随地都有，类似这样的事哪个地区都有可能发生，中国地大物博人才辈出哪个地区都有很多英雄，他们在困难面前能够挺身而出，这就是好人的世界。当然也有冷漠的，可是这些冷漠的与暖和的相比，还是让人感到亲切，毕竟好人帮助了困难的人，是好人占据这个社会。

　　其实我想说的是，不要被人左右，要观察社会，观察每一个人，看他们每天在干什么。为什么有人好有人坏，是自己好坏不分，还是自己没有能力看清谁是好人谁是坏人，这个世界复杂多变，如果没有眼力没有明确方向分不清好坏也是可能的。人与人之间不是哪个人好哪个人坏，是看他心里想什么，做什么，为利者不顾人心是常规，为权者损人利己也是极端。实际上人与人之间还是温暖的，关键是如何相处，你敬我一尺，我敬你一丈。这是人生常识，也是社会公德的底线，没有人超出。一个人来到这个世界上不容易，除了要受苦，还需要受教育，而受多少教育决定人的好坏，决定人的是非曲直能力。有文化教育的人看世界是周密的，他们对人是任劳任怨，尊敬自己的同时也尊敬他人，因此他们关心他人帮助他人成为他人的好帮手。没有文化教育的人遇事不加分析，拿来就做，拿来就说，结果造成矛盾种种，达不到目的就说长道短，对这个世界另眼相看。实际上为人处事谁好谁坏一目了然，冷漠也好，温暖也罢，都有人在响应，都有人在提醒，也都有人在了解情况，关键还是看自己如何处理，如何认可。

男孩最喜爱的哲理美文

生命是一条善河

柴秀文

　　生命是一条善河，在漫长的历史潮流中生命如同河流一样奔腾不息，不论什么样的人都要从这里经过。有的人经历时间久远，有的人经历时间短暂，然而不论久远还是短暂都要经历。生命是一条河，这是针对生命而言，可是生命是针对谁呢，是针对自己吗？生命有时如同一颗流星从社会中划过，有时闪耀一下，有时什么光亮也没有，一个生命就这样在默默无闻中消失。以前不知道生命是怎么回事，当近两年发现去世的人多了时，对生命开始有了新的认识。现在的人并不重视自己的生命，更不重视他人的生命，看看商场中各式各样的食品，有几个安全系数高的，绝大多数的食品都有问题，而且这些问题越来越被隐藏着。

　　在生命这条河流中，生活却显得比较单纯，然而还需要说明的是，生命与生活不是一回事。生命是一条河，生活是一座山，生命是灵魂的，生活是沉重的现实，生命能让自己光彩夺目，生活能让人尽其才，也能让人浮于事。有一个现象可能没有人引起注意，在过去时的年月里，有人每天吃的是大饼子和咸菜疙瘩，可是他们的脸色红扑扑的，一个个身体健康状况良好。现在有人每天吃大鱼大肉，可是脸色苍白，一个个病了一样药品不断。由此可见，生命与生活有时也是变化的，生命珍贵时吃的未必好，生活水平富裕时吃的比过去要强几倍，可是身体却不如以前。实际上生命的好与不好，不在生活水平高低，而在生活质量。为什么年轻干部容易患病，是因为他们酒喝得多，压力比他人大，因此当病菌侵袭时他们承担不了便患病了，个别的去世了。由此可见，生命的存在形式有几种，很多人并不知道生命的存在形式有多少种，每天他们活着，可是谁知道他们活着的目的是什么，仅仅是吃喝吗？还是另有目的？我不知道现在的人生存目的是什么，然而我知道现在的人生活水平都高，吃的也好。可是就是不见他们锻炼身体，相反倒是药品满天飞，有关药品的广告一个接一个，难道中国人就是药材脑袋，除此之外别无他意？也许我说得过分，可是医药广告数不清，绝大多数人的医药费也是高深莫测，在这种情况下谁能说中国人是健康的呢？身体不健康生命还能持久吗？其实我想说的不是药，我说的是生命，关系所有人的生命。在有些人看来，人的生命是宝贵的，可是在有些人看来人的生命并不算什么，否则他们也不可能做数不清的医药广告。生命是一条河，医药费用成了另一条河，这可是新兴产业，生命力在他们面前显得十分脆弱。

自古以来，人类社会不断涌现各式各样的生命奇迹，当生命是条河时，冲刷着一代人又一代人朝前滚动。

做一个好人不容易

曹 秀

做一个好人不容易，这是经过做好人后才能产生的感受，不是谁想做一个好人就能成为好人，也不是谁想做一个坏人就能成为坏人，好人与坏人还是有区分的。中国古代《三字经》里开篇就是："人之初，性本善……"是说人一生下来并不是坏的，只有经过后天的成长才成为坏的。在这里，不说坏的，只说好的，其实，做好人也不容易，也是要经历各式各样的锻炼才能成为好人。

好人为什么好，坏人为什么坏，这问题看起来很容易区分，实际上里面有一些哲理上的东西构成区分标准。自古以来，中国人就有好施之德，善良的人数不清，可是为什么在生活中总有坏人阻挠呢？在社会实践中，有的人好，有的人坏，带给人的印象各式各样。为什么会涌现这类现象，这就是社会变革把人的思想感情搞乱了，有的人能把握自己，有的人把握不了自己。把握自己的变成好人，把握不了自己的变成坏人，这就是生活的哲学。一个人是想做好人，还是想做坏人，关键就是把握自己。

　　把握自己是很难的，有时还需要一辈子把握自己，把握自己不犯错误，或少犯错误。一个人一辈子把握自己不犯错误几乎是不可能的，可是把握自己少犯错误是可能的，这就是如何做一个好人不做坏人的人生哲学。为什么有的人能做好人，有的人能做坏人，关键就是他们心里想的是什么。想国家利益的人他们是好人，是伟大的人，想自己利益的人他们有可能是坏人，是渺小的人，好人与坏人的区分有时就在利益上，更多的时候是看他们的品质。实际上好人的品质是优秀的，坏人的品质是恶劣的，好人可以帮助人，坏人也可以帮助人，然而他们帮助的目的不一样。好人帮助人是想让他人更好，坏人帮助人是想让他们跟随自己变坏，这就是区别。

　　好人在这个世界上能干什么是自觉的，坏人在这个世界上能干什么有时是被强制的，好人与坏人的区别就在他们干什么。在生活中，不是所有人都是好人，也不是所有都是坏人，好人与坏人的区别就在他们做事是否为国家，是否为人民，是否为大众。有人提出为什么影视剧中的好人与社会中的好人不一样？影视剧是影视剧，生活中是生活中，这是两种不同性质的判断标准。

　　生活中，有人做得很好，有人做得很差，这就是人的品质。如何判断他们是好人坏人，不能简单从表面看问题，要看他们的本质，做得好的人有时不一定是好人，做得差的人有时不一定是坏人，好人与坏人的区分就在于他们的良心与责任感。有良心责任感的人做事就好，没良心没责任感的人做事就不好，可是这并不代表他们就是坏人，这就是认识。

　　很多时候，好人隐藏在坏人中，坏人隐藏在好人中，这也是一种现象。问题是如何判断这些人的好与坏，避免与他们同流合污，避免上他们的当，这就是当一个好人不容易的辩证法。有人说我是想当好人的，可是当好人总是做坏事，这又是为什么呢？当好人不容易，关键是看做什么事，如果做好事就是好人，如果做坏事就是坏人，这点区别还是有的。一个人不可能一辈子只做好事不做坏事，也不可能一辈子只做坏事不做好事，坏事与好事有时

男孩最喜爱的一百篇美文

是掺杂在一起的，这就是判断是非曲直的标准。一般来说，外族人是坏人，本族人是好人，他们判断的标准就是外族人是侵略者，比如日本曾经侵略中国，所以他们是坏人。可是外族人有的也是好的，比如前苏联曾经帮助中国打败日本侵略者，他们是好人，可是以后他们又不帮助我们了，而且千方百计阻挠我们，于是他们又是坏人了。因此好人与坏人的区别有时不是持久的，关键是看他们做了哪些事，对人类有好处的事就是好人做的事，对人类有坏处的事就是坏人做的事。如果非要想方设法区别谁是好人谁是坏人，只能从他们做的是好事还是坏事上判断，这就是好人与坏人的区分标准。

其实在这个世界上谁都想做好人，可是有时做好人是不容易的，有时一辈子也做不成好人。为什么做一个好人不容易，难在哪里？在我看来，做一个好人不容易，难就难在人心，难在永不满足。比如贪官污吏，一开始他们并不贪，只有满足不了他们私心杂念时才开始贪得无厌，最后变本加厉成为坏人。而好人一辈子做好事也不容易，还需要经历各式各样的打击甚至报复，费力不讨好。做一个好人不容易，需要随时随地检验自己，看自己是否对得起国家，对得起人民，只有对得起国家人民才能做成好人。

自立自强就是自尊

曹　秀

　　在绝大多数的年轻人中，要面子要自尊心的数不清，可是他们都没有做到自立自强，更谈不上自尊了。为什么呢？因为绝大多数的年轻人都有靠父母的经历，没有父母给予的钱财他们生存不下去，没有父母帮助他们找工作他们也生活不到位，平时他们靠父母得过且过，一旦靠自己时就变得有些力不从心，甚至如何吃饭如何睡觉都有问题，这样的人能说他们自立吗？

　　年轻人要面子要自尊是可以理解的，可是理解之余也要帮助他们知道什么是自尊什么是自立，否则干什么都不知道被人卖了还帮着数钱呢。这不是开玩笑，这是现实中的真实事件，曾经有一个大学生毕业后在一家企业工作，可是他没赚到一分钱还把自己赔进去了，这就是现在的大学毕业生。能说他们没知识吗？能说他们缺少警惕性吗？可是在社会面前他们就是如此没知识，如此没有警惕性，他们在社会变革下成了一种生活的负担，而他们的父母对他们更是忧心如焚，这样的人如果说自尊又是从何说起呢？我不是在此说教，个别年轻人的确存在技不如人的生活方式，他们以为吃吃喝喝就是交际，就是朋友，实际上这种认识只是表面现象，真正的交际并不是在这里，只有经历过艰难险阻的人才能知道什么是友谊什么是朋友。年轻人见识少，这本身就是一种缺少自尊的表现，可是他们恰恰在此不求进取，反而将自尊心缩小成一种心理负担，用花钱来满足自尊心。实际上，一个人的自尊心有多强烈，不是钱财能解决的，也不是权力能解决的，更不是靠势力来完成的。一个真正进步的年轻人，首先要有自尊心，接下来还需要自强自立在这个世界上把握自己，走正确性的路。如果将自己的路堵塞了，未来可能是严峻的，也可能是走投无路。

当一个年轻人将要在这个世界上站起来时，最重要的就是是否具有自强自立的人格，是否具有独特的个性，这不是自尊心问题，这是人的独特性格，也是人的自强自立的问题，因此在这个问题上是没有含糊的。我经常劝告我身边的年轻人，不要拉关系，只有努力才能获取。其中不仅仅是获取，有时也是一种锻炼。如果一个年轻人在性格上都不可能独立，怎能在其他问题上独立自主呢？在这里年轻人要明确，什么是自立，什么是自强，什么是课堂，社会的课堂上有很多经验和教训，可是真正伦到年轻人时又是差不多，这样的人能有自立吗？别说自尊心，就是自强都算不上，因此年轻人寻找什么样的形式站起来不重要，关键是他们是否真正站起来。还需要明确的是，自强不是自我，自立不是独树一帜，更不可能是自尊心了。一个人想干什么，不想干什么，都有一定的规律性，而年轻人往往并不重视这些规律性。个别年轻人横行霸道，肆意欺骗，把好端端的人际关系搞得乱七八糟，这样的人不是自立而是自大。

人在这个世界上要有自尊心，可是自尊心不是别人给的，是自己努力获取的。俗话说，打人不打脸，揭人不揭短，说的就是这个意思。如果想不让人说长道短，必须努力做到自己的言行都有规矩，并且懂得自己是独立的人也是集体的人，在集体中自立。其实不必过于担心自己的面子，只要正常对人，正常对自己，尊敬他人的同时也是尊敬自己，自尊自立就是在这种自强中确立的。

在冬天思索春天

张誉潆

　　绝大多数的人都有这样的习惯，喜欢事后说出自己的意见，用朋友们的话说就是在冬天思索春天。在冬天思索春天，虽然是事后诸葛亮，但毕竟能让人警惕下一步应干什么，尤其是思索漫山遍野的绿色，给人无限遐想。其实在这个冬天里思索春天，还有另外一层意思，外国诗人雪莱有一句诗：冬天过去，春天还会远吗？在冬天里思索春天，不也是这个意思吗？

　　我们生活在一个社会变革的年代，每天都有数不清的问题迎面而来，一方面是困惑，另一方面又是矛盾和问题，每天都有解决问题的时候，可是我们的心灵却在苦闷中。没有人知道未来是什么样，没有人了解以后的情况，甚至没有人能帮助自己。在这样的环境里生存，靠钱财行吗？靠权力行吗？靠花言巧语行吗？不要以为有钱财就可以主宰世界，有权力就可以目空一切，社会变革不是哪个人的，更不可能谁都有各式各样的权力，每一个人都有自己的存在方式，有权力的，有钱财的，都有自己的存在方式。然而那些没权力的如何，没钱财的又是如何，他们不能生存吗？他们靠什么生存呢？他们每天如何生活，如何做好一天的工作呢？

　　这个冬天真的很冷，让人心里哆嗦。经常情不自禁，有心的，没心的，二者之间的，在这里思索是混乱的，每天思索的是什么，思索后能变化成什

男孩最喜爱的一千里美文

么样，谁也不知道，更不可能未卜先知。生活水平的变化与社会变革是共同的，人类的存在与自然界的存在是相同的，只不过人类的命运与自然界的命运是不同的，自然可能永恒，生命不可能永恒，这就是人与自然的区别。由此可见，思索冬天与思索自然是一样的，人在自然中生存，经历一年四季的变化。而人的心灵还需要哪些变化呢？在这里不能不提到人的心灵，人的心灵变化与自然界的变化也是相辅相成的，没有多少人把自然变化与心灵变化相提并论，也没有人研究这些问题。人世间讲究的是吃饭，讲究的是钱财，讲究的是搞活经济，可是心灵的变化又有谁讲究呢？这就需要注意了，有权的注意，有钱的也要注意。

心灵的变化是精神的变化，这是属于心理学范畴，也是教育学范畴，更是一种美学范畴，文学范畴。现在把它们归功于文学范畴，于是问题就扩大化，也是简明扼要，毕竟文学是人人都有的知识领域，也容易熟悉，因此研究起来也是熟能生巧。研究文学就是研究人类，生存的问题普遍存在，如何让人生活得更好，如何让每一个家庭都有钱财，都有幸福，这就是在冬天里思索春天的另一方面。我们生存在社会变革年代，我们面对的是波澜壮阔的生活，随时随地都会掀起命运的浪花，因此研究心灵的变化迫在眉睫。

有多少麦子算收获

张誉潆

一个农民每天总是在田地里劳动，他的妻子想让他回家，他不肯。于是，他妻子问，有多少麦子算收获？农民兴奋地说，只要我劳动一天就是收获，有多少麦子并不重要，重要的是我每天必须在田里劳动着。其实，农民对自己的劳动并不满足，每天在劳动第一线，接受的是风吹雨淋，这样的劳动让他妻子关心，抱怨。农民还有一个想法，表面看是不满足，实际上是农民对劳动的欢喜，每天劳动在第一线，这是多么珍贵的日子，这样的生活农民能不喜欢吗？

有多少麦子才算收获？这不是问题，可是这又是大问题，如果没有思索如何确定努力目标。为什么有的人一辈子贪得无厌，重要的就是他们不知道有多少麦子才算收获，有一颗麦子是收获，有一捆麦子也是收获，有一车麦子也是收获，关键是如何看。麦子的多少并不重要，重要的是如何收获，收获多少。我觉得农民有想法是好的，以前的农民只知道劳动，不知道享受，现在的农民会享受，也会劳动。然而通过农民的变化，我反思出另外一个问题，人的一生要追求很多事，有的能成功，有的不能成功，可是成功的算什么，不成功的又算什么。人从生下来就开始追求，最后什么也没得到也是一辈子，虽然有人得到了什么，但最后的结果也是半途而废。由此可见，人生与收获差不多，不要看重收获多少，而是看重能干什么。有多少麦子无关紧要，收获也无关紧要，真正重要的是收获的过程，劳动的过程。人生如同一条小鱼，在河里也是生存，在汪洋里也是生存，具体要看在哪里生存。在河里生存的鱼眼光必然渺小，只有在汪洋里生存的鱼眼光才独占鳌头，有没有眼光，有没有志向，不在河流与汪洋，关键看生存的态度。其实我想说的是，在河进而有河里生存的办法，在汪洋有在汪洋生存的方式，生存的意义不同生存的方式也不同，这是区别生存的目的之一。人生也是如此，也是大同小异，有生存目的的人生活方式不一样，没有生存目的的人生活方式也不一样，如何生存关键看他们的生存态度。经常碰上很多人谈赚钱，可是面对市场他们经营无方，因此他们谈赚钱时往往透露出一种对钱财的崇拜与无奈。每当此时我劝他们想开一些，胸有成竹与放得开是取胜的关键，越是胸有成竹的人越是放得开，越是放得开的人越是胸有成竹，成功率高。现在回顾一下，人生是不是也是收麦子，收获多少重要吗？几乎人人都有收获，可是收获多少真的不重要，如果有人询问有多少麦子算收获，我想告诉他们没有也是收获。人生在世不是收麦子，而是生存，如何生存得更好这才是关键。

如果把人生与麦子联系在一起，是成功大于收获，还是收获大于成功，我觉得这里面有些问题还需要弄清。不是人生没有收获，而是人生还需要什么样的收获，是成功越多越好，还是有了成功就有了一切，这个是非曲直问题能弄清吗？

雪地里的绿丝带

张誉潆

如果在雪地里看见绿色丝带会是什么表情，是吃惊，还是无所谓。其实雪地里有绿色丝带是引人关注的，跟发现红领巾一样让人振奋，只不过是绿色。有一次，我在雪地里行走，忽然发现雪地里有一条绿色丝带，在雪白的地里有这样一条绿色丝带真的让人十分振奋。这里怎能有绿丝带呢？是谁丢在这里的？看着绿丝带，不知为什么，我忽然想到了红领巾，想到了它们的相似之处。

红领巾是系在胸前的，象征着鲜红，象征着进步，更象征着革命。绿色象征什么呢？是象征希望吗？实际上绿色丝带就是象征着一种希望，只不过现在的人并没把绿色当回事，人们所说的绿色只不过是栽栽树而已。眼下的环境污染很严重，外国环境污染比中国更严重，可是他们只限在汽车领域，中国不同，中国限制在各行各业，连普通的栽树也是治理环境污染。雪地里的绿丝带就是环境保护的象征，数不清的人参与这个组织尽可能避免环境污染，他们保护环境如同保护这片雪地纯洁一样。

男孩最喜爱的雪里美文

在雪地里走路，有时就是一种境界，看着白雪心旷神怡，这种境界只有走在雪地里才能享受。我是经常在雪地里走路的，每走一步都有一种新鲜的感受，每走一步都有一种崭新的思索。我是靠着这些思索走路的，也靠着这些思索生存的，在我看来，有思索才能有生存，生存的质量与思索的程度有绝对关系。比如看见眼前的绿丝带，我就想起小时戴的红领巾，看见红领巾就想起烈士的鲜血，是他们奋不顾身地打出了一个新中国。可是保卫祖国是不是也要有一种策略，保护环境，不让污染，是不是也是生存？总而言之，雪地里的绿丝带让人产生这样的思索，有了这样的思索，生存的目标是否改善一下，生存的方向是否改善一下？

现在我在雪地里走路，看见绿丝带，于是想了很多故事，与此同时又是感叹。我如此，其他人又是如何。我希望所有人都有环境保护的意识，都有保护环境的措施，当你走在一片纯洁的雪地里时心里是否会涌现纯洁的感受，是否会心旷神怡呢？我想会的，谁不希望自己的家乡更美好，谁不希望自己居住的环境更美好，谁不希望自己的周围是一片绿色？

当一次伯乐

张誉潆

　　作为一个在机关工作的公务员，我经常帮助一些基层同事，希望他们有一个好的工作环境。有时我心甘情愿帮助他们，心甘情愿当一次伯乐，虽然找不到千里马，但当伯乐的心情是愉快的。尤其是帮助他们后，看见他们工作突飞猛进，情绪更好。于是我想出一个点子，如果所有领导干部都有伯乐的心态，都有伯乐的本事，这个世界是否会更上一层楼，是否会突飞猛进呢？

　　其实当一次伯乐不算什么，无非是帮助一下有困难的人，重要的是在帮助他们的同时自己在想什么自己在干什么。千里马常有，伯乐不常有，这是自古以来就有的千里马寻找伯乐的故事，可是有多少人知道这个故事，有多少人还记得这个故事。有一次到基层看汇演，一个学校的负责人看见我说，那个小孩子你出去，这里是排练场。我忍俊不禁，我是他们的领导，他们看我小就出了这个笑话。实际上我是他们的伯乐，在这里我要寻找的就是千里马，可是哪个是千里马，哪个能代表机关的水平呢？

通过观察选拔，最后还是有学校成为这次活动的先进典型，还是有学生参加活动。我当伯乐成功了，寻找千里马的任务完成了，接下来我还需要继续寻找千里马，继续当伯乐，只不过是下一步的工作目标了。我要说的不是工作，我是想说当伯乐容易，寻找千里马难，这在古书里都有的。一个领导者是否关心下级，是否拥有一定权力，有时选择千里马是很需要的。如果人人都是千里马，人人都有才华，这样的人才社会还需要拉关系走后门吗？还需要靠钱财买卖工作岗位吗？诚然，我是希望领导者能当一次伯乐，寻找隐藏在民间的千里马，即使是为个人利益寻找千里马也是正确性选择。当一次伯乐，让我看到一个希望，看到一个朝气蓬勃的崭新局面。同时也看到了寻找千里马的快乐，这是一种居高临下的寻找，是在一定位置上的寻找，或多或少这就是责任感。在我看来，公务员也好，机关干部也罢，都有寻找千里马的权力，都有当一次伯乐的机会，既然如此，为什么不当好伯乐呢？

我是随时随地都当伯乐的，虽然碰不上千里马，但只要有机会我就会努力，努力发现身边的千里马。

为什么不向春天走去

张誉潆

以前写文章总是春天来了，我们迎接春天，春天带来温暖，这次我反其道而行之，我们向春天走去。为什么不向春天走去呢？为什么总是春天来了我们才迎接呢？春天不来我们不能走去吗？我的这些想法并不重要，关键是里面有些问题，这些问题很小，微不足道，可是却说明我们对待春天的心。在一年四季中，人类对春天的渴望是最迫切的，又是最盼望的，可是只是盼望并没付出行动。春天是万物复苏的季节，有数不清的生命开始苏醒，尤其是植物，比如树木，小草，更是在春风的吹抚下开始显示绿色，代表着生命兴旺发达。春天是一个美丽字节，不论什么样的人见到这组文字，都有一种别开生面的感受。我也如此，也有感受，只不过我的感受在大家中间。大家有什么样的感受，我有什么样的感受，有时大家没有感受时我有感受，或多或少这就是我与众不同的地方。每次春天来了，人们都说春天来了，春天向我们走来。是的，为什么不说我们向春天走去？这就是我与大家不同的地方。

　　其实春天是什么？春天是具有象征意义的季节，在这个季节里有数不清的生命开始复苏，开始生长。尤其是经过一年四季的变化，春天比其他季节更重要，更耐人寻味。有了春天才会有秋天，有了秋天才能有收获，而收获就是在春天开始准备的。我不知道其他人怎么想，当春天来临时我也是兴高采烈的，也是欢欣鼓舞的，甚至想方设法让春天在我的生活中永驻。可惜的是春天就是春天，它只是一季，并不可能永远，唯一的希望就是一年中有一季。然而就是这一季让人类盼望，从春到秋，从种到收。

　　如果人生也有四季的话，也是从春到秋，从种到收，春天种下什么秋天收获什么。我的意思读者可能很明确，一个人不论干什么，都有一个成长过程，这就是从种到收。年轻时做了什么，年老时收获什么，种瓜得瓜，种豆得豆。

　　也许有人会问，有没有永恒的东西？有的，宇宙是永恒的，自然界是永恒的。人类社会如同四季的年轮也存在着变化，变化是永恒的。既然如此，为什么不珍惜生命，不珍惜社会，不珍惜彼此的春天？当社会的春天来临时，人类就要走过去，走向幸福的彼岸。

我不相信你的心

张誉潇

一只羊对另一只羊说："你到我身边吧，我帮助你吃草。"另外一只说："用不着你帮我吃草，难道我的生命还需要你帮助吗？"前面的羊露出尖利的牙齿："如果你不听我的话我就吃了你……"羊说："你用不着花言巧语，我知道你是狼，只有狼才吃羊。"前面的羊吃惊："你怎么知道我是狼，难道你会算吗？"羊温和地说："不是我会算，狼是吃肉的，你看你身边一片草也没吃，这样鲜美的草作为羊怎能不吃啊？"一看自己暴露无遗，狼凶恶地说："到我身边吃草吧，这是给你留的。"羊笑了笑："到你身边吃草，这怎么可能呢？"狼问："为什么？难道我对你不好吗？"羊说："为什么到你身边吃草？因为我不相信你的心……"

这是一只羊与一只狼的故事，狼是多么狡猾，羊又是多么聪明，就在这片草地上，狼与羊公开较量。对羊来说，草就是它们的丰美食品，如果是同类哪能不吃草呢？而狼是吃肉的，它故意露出一片草地诱惑羊，希望羊能走近它身边。结果羊比狼聪明，狼没有占到便宜，羊机智地吃了草又逃走了。这只狼可能说什么也想不明白，羊为什么不吃自己身边的草，羊不是吃草的吗？

其实我写到这里时忽然想到，应当再设计一下，让狼与羊之间再有一个沟，里面有水，狼过不去，这样羊就安全了。可惜自然界并不这样，危机四伏，羊吃草要看它在什么样的环境，狼吃肉也要看它想吃哪个对象。自然界造成差距，不可能让它们随心所欲。如果是这样写羊可能就安全了，可是狼的凶恶本性能暴露无遗吗？

这是寓言也好，是小小说也罢，或是小品文，都有一定的思想基础。在这样情况下，如果是人如何面对？在人与人之间彼此真的存在相信吗？我觉得未必，别说人与人之间，就是亲戚与亲戚之间，夫妻之间也没有绝对相信对方的理由。如果说上下级关系彼此能相信吗？被领导者能相信领导者吗？我想说不可能相信，就是我也不相信，用羊的话说我不相信你的心。是啊，在钱财问题上谁肯相信对方呢？做生意的人没有相信对方的，如果真正相信了不是赔款就是丢失，可能连生存的机会都没有了。实际上我说了一只狼和一只羊的故事，当我写出这个故事时读者可能想不到我会提出问题，更想不到我会用这样写法。

一个人的想象力是有限的，而一个人的思想是无限的，当想象力停滞不前时思想就是永恒的。

一缕春风谁送暖

张誉漤

　　春风来了，送来一丝暖意，这时我才知道漫长的冬天里春风是多么重要。今年的春天来得晚，比原想的要晚一星期，可是在人的心里春天似乎已经来临了。在我看来，虽然春天来晚了，但希望还是有的，春天的希望就在眼前。有了春天，万物复苏，小草有了绿色，树木有了枝叶，鲜花盛开，四面八方生机盎然，让人一看心旷神怡，这样的春天能没希望吗？

　　其实我并不在意春天什么时候来，什么时候来都是春天。关键是春天来临时有一缕春风让人温暖，这是我对春天的态度。没有经历过严寒的人是不知道冬天是什么样，经历过冬天的人是最盼望春天早早来临的，哪怕只有一点点微不足道的暖流也会让人心旷神怡，更会让人心里温暖。实际上在生活中有数不清的温暖，只是我们并没感觉到，甚至以为关怀也是严冬。为什么有的学生不喜欢听批评的声音，一是自尊心强，二是自爱心强，三是目中无人，四是骄傲自大，这些构成趾高气扬。其实我想说的是，当学生有困惑或有问题时，教师要及时给予解决，让他们或她们从心里往外感受到真理是什么样的，这样他们或她们才能听取意见。个别学生每天到学校不是为学习，他们心里想什么与钱财有关，与破坏同学学习有关，这样的人能说他们是进步的吗？

男孩最喜爱的哲理美文

　　人生如一只长笛，如何吹得好全靠自己，不可能有人帮助你吹。假如真有人帮助你吹，有可能吹的不是笛，而是一种错觉，而这种错觉可能就是缺点。人在生活中随时随地都有缺点，有时缺点变为优点，有时缺点变为错误，一旦错误变为犯法时就是罪恶滔天。按心理学研究表明，人为什么有的犯错误，有的犯罪，有的干什么都有缺点，这就是人的性格。写到这时，有的读者可能明白了，我为什么这样写，就是读人思索，让人觉得自己不论干什么都有人关心，这也是春风送暖的一种形式。人犯错误不要紧，还需要帮助他们，给予他们进步的机会，不要再给他们一棒子打得他们晕头转向，这样对谁也不好。

　　有一句诗说得好"春江水暖鸭先知"，就是这个意思。当有人生活不如意时我们给予帮助，当有人工作不如意时我们给予帮助，当有人被各式各样的困惑阻碍时我们给予帮助，我们这样做的目的就是帮助，让他们心里产生温暖，产生尊敬。人在什么样情况下最容易被感动，就是在最困难时，这时也最容易接受帮助，而我们就是要做出这些帮助让人温暖。

怀念春天的小鸭子

张誉潆

　　小时候在家附近有一汪池塘，在池塘里经常有一群小鸭子，附近还总有农民种地。春天时，有人挑着一担小鸭子沿街叫卖，数十只小鸭子挤在一个筐里，看着它们可爱的样子，有的人家就上前买几只小鸭子。我也买，别人买小鸭子是为下蛋，我买小鸭子是为玩。可能有人想不到小鸭子也是我的童年玩具，还是有生命的玩具。鸭子小，招人喜欢，叫声更让人怦然心动。

　　我的童年有小鸭子为伴，平时生活多了很多乐趣。每天逗着小鸭子，生活非常愉快。有时端来一个小盆，里面放满水，小鸭子跳到里面欢喜地戏水，看着小鸭子快乐的样子我也是兴奋，帮助它洗涤身上的羽毛。小鸭子喜欢戏水，喜欢展示自己漂亮的羽毛，有时还昂首阔步朝天叫喊呱呱呱，仿佛在说我是世界上最快乐的小鸭子。看到这情景，我兴奋，知道自己的付出有了回报。其实我小时候还有很多玩具，只不过小鸭子是活灵活现的玩具，让我兴奋，让我在玩的时候想着什么，于是才有了现在的回忆。

有人说，人过三十喜欢回忆，可是我二十才刚刚出头，回忆小鸭子让我有些反璞归真。可能在大学时想得多了，读书时想得多了，于是有了写出小鸭子的有关文章，有小鸭子的世界是欢喜的，让我看见人世间的善良与爱惜。人与动物和谐相处，表面看是一种乐趣，实际上也是一种高尚，看看那些被人饲养老的宠物就可一目了然。怀念小鸭子就是怀念一段岁月，怀念春天，也怀念秋天，更怀念乡土。最近看了一部电视剧《野鸭子》，觉得这部电视剧里面的人物很让人喜欢，更让人怀念乡土的生活方式。其实一只鸭子并不算什么，真正算什么的是人与自然的亲近，城市与乡下是有差别的，可是真正差别不是城市与乡下，而是人的观念。

现在的人都在讲钱财，没有谁想起乡下的小鸭子，更没有谁想起乡下原本纯朴的生活。没想到，一只小鸭子让我看到人世间的变化，看出人的本质，如果人人都有小鸭子的本事，都有小鸭子的真诚，这个社会会更好。

母亲的嘱咐

张誉潆

作为一个教育研究者，我最知道学生想要什么，想知道什么，所以给学生讲授时我就直截了当告诉他们，我不是研究者，我是学生，是与你们一起学习的学生。其实，我所以这样说，来源是我的母亲，因为我的母亲也是一个教育研究者。我的母亲教英语有 30 多年历史了，她开始当教师时还没有我。在我的记忆里，父母是经常不在家的，他们有他们的学生，而我只是一个家庭孩子。每次回家母亲都嘱咐我："你与其他孩子不一样，你是教育工作者的孩子。"父母都有自己的学生，在学生面前孩子永远是第二位。

是的，我记住了母亲的嘱咐，记住自己永远是第二位。当时我很委屈，母亲怎能这样对我呢？父亲也是，他也有学生，而且当了校长后学校就是他们的家，我这个孩子对他们来说也是多余的。我为什么生在这样的家庭呢？很长时间，我委屈，愤愤，可是自己心里也明白，父母没有错，谁让他们是教师呢？然而委屈并没阻碍我进步，我一直在努力在写作。有时间我就读书，读名家的小说，读名家写出的散文，后来我也会写作，会写散文了，再后来我也出版一部散文集。后来我也当了教师，这才知道第二位意味着意味着牺牲。母亲把她的精力用在学生身上，而我只有靠姥姥抚养，每天我在姥姥家里读书，学习，写作业。其实我最大的委屈是父母为了学生忘记了自己

男孩最喜爱的 哲理 美文

的孩子，造成我当时因为营养不良而个子极小，现在我也是长不高。尽管如此，我心里仍旧记住母亲的嘱咐，在学生面前我是第二位。如今，我也拥有一批学生，也保持一个习惯，当我有孩子时我也会告诉他，你是教师的孩子，在学生面前你永远是第二位。我想母亲的嘱咐如此，我的嘱咐如此，效果是一样的，都是教育工作的责任感。

作为一个教育工作者我知道自己肩负的责任，如果把母亲的嘱咐与我现在对学生的嘱咐放在一起也是另辟蹊径。人生还有比教育更有希望的事业吗？当年父母牺牲自己的时间为了学生，现在的我不也是牺牲自己的时间为了学生吗？我牺牲自己的时间是为了国家的教育事业，为培养更多人才而研究着科学，这可能是我毕生都要做的事业。其实为了教育事业我放弃两种选择，一是放弃当作家的选择，二是放弃当歌唱家的选择，我想我能将自己的终生目标放在教育研究上也是一种偏得。这种意识在今天尤其重要，当我有爱情的时候，当我有家庭的时候，当我有孩子的时候，这时我想到了母亲，想到母亲的嘱咐。

像阳光一样给人温暖

张誉潇

我经常劝告朋友们，要多多帮助他人，像阳光一样给人温暖。一个人不论职位多高，权力多大，也有困惑的时候，因此还需要朋友们帮助他们，给予他们温暖。这种帮助如同吃饭，爱好不同，吃饭的口味也不同，帮助他们就是给予他们各式各样的味道。有人爱吃酸的就给他们添油加醋，有人爱吃甜的就给他们甜言蜜语，当然没有人爱吃苦头。可是生活中有时就是有人吃苦头。怎么办，这就要求我们帮助他们，给予他们一些关怀，给予他们一些照顾，像阳光一样给予他们一些温暖，哪怕微不足道也是温暖人心的。

其实帮助人谁都会，问题是如何帮助如何让人心领神会，这是一个关键的步骤。别看现阶段很多人有钱了，可是他们心理脆弱得很，最需要有人帮助了。如何帮助他们这就是一种学问，也是检验人生的一个标准，问题是他们肯不肯接受帮助。有人嘴上说是不需要帮助的，可是心里最需要帮助，想让他人帮助自己又不敢明说，死要面子活受罪。为什么有人会犯错误，为什么犯错误的程度不一样？这里面也有帮助的问题，帮助多了困惑解了，一切问题都迎刃而解。如果没有帮助问题就来了，数不清的挫折接连发生，这就是人生为什么总是遇到困难，假如平时给予他们一点帮助，当他们遇到困惑时就会自己救自己。有人说帮助他人是要拿来自己的钱财，自己都不顾不上自己哪能有钱财帮助他人。其实帮助他人并不需要费太多的力气，更不是靠钱财去帮助，有时一件事就可以帮助他们，有时一句话就会让他们心花怒放，人世间最大的感受就是亲近，当一个人有困难时他们最需要的就是朋友们的帮助。

人生在世，谁没有困难，谁没各式各样的困惑？只要听了朋友们的劝告就会得天独厚。不要以为自己是世界上最有钱财的人，也不要以为自己是世界上贡献最大的人，不论你有多高权力，有多少财富，当你遇到困难时也是需要帮助的。在这个世界上，没有哪个人不需要帮助，也没有哪个人没有帮助他人，人世间就是互相帮助，互相生存。我希望每一个人都有善良的心，帮助他人，希望在和平共处环境下共同生存，取长补短。实际上帮助他人也是帮助自己，当你有困难时第一时间得到帮助，这时心里是温暖的，当你得到帮助后这时你才能知道被帮助原来是如此幸福，如何愉快！如果每一个人都有这种幸福，这种愉快该多好啊，于是你也去帮助他人。

军人的豪迈

曾宪来

作为军人我想对学生说，去军营吧，这是你最理想的课堂。如果有人说军营很苦，不自由，我想告诉你，怕苦的不是军人，没有自由的是罪犯。军人是有自由肯吃苦的人，而且又是具有一定军事素质的高级人才，放飞是一只鸟，集合是一支部队。横着是排，竖着是列，站着是松，坐着是钟，而行就是风了。可能没有体会雷厉风行是什么样，看看军人就可一目了然，只有军人才能具有这种素质，只有军人才能拥有这种气质。这种气质与素质就是军人的豪迈，军人的象征，军人的标志。

有幸我是军人，有幸我是这支部队中的一员，有幸我在这所大学校里学习，现在我又有幸与朋友们谈论人生的意义，谈论生命存在的意义。这个时节，任何有志向的年轻人都有为国服务的热心，都有沸腾的中国心。当兵不是耻辱，当兵是光荣，当兵是一个中国大学生的终生目标。一个年轻人有了当兵的历史，以后的生活就会涌现五彩缤纷，涌现勇往直前的牺牲精神。看看那些军人，当他们的理想受到挑战时，他们第一时间在吃苦，第一时间就是在为国家默默无闻守卫着，站岗放哨。不要小瞧站岗放哨，有时就是这微不足道的哨兵担当着责任，担当着国家的安危与百姓的安全，就是这微不足道的哨兵给国家带来安慰。安危，安全，安慰，这三个词汇在中国尤其重要。这也是我这个军人在向朋友们诉说着理想，诉说着心中的存在，也诉说着人的努力和追求。

作为军人，我是豪迈的，毕竟我在军队这所大学校园里学习着。我在这所大学校里学到的不仅仅是军事，是哲学，还有社会公德。当我走在街头时，第一印象就是这座城市稳如泰山，群众生活安居乐业，而这些就是军人的功劳。没有军人功劳何在，没有军人安全何在，没有军人百姓安居乐业何在，没有军人国家的意志何在？一连串的问题让人振奋，没有军人哪有这些振奋？有一个时期，我为军人自豪，为军人感到光荣。可是我也为军人担心，如果有才能的年轻人不走进军校，不走进军营，是不是少些什么？为此，我希望有才能的年轻大学生走进军校，走进军营，担当时代的重任，为国家，为人民贡献自己的才能。

其实军人并不意味着牺牲，有人总是这样说，当兵打仗就是为了国家牺牲，实际上有时并不是为了牺牲，如果都牺牲了谁还保卫祖国，谁来做出贡献。当兵并不是为了打仗，也不是为了牺牲，当然，当国家有难时，军人要比普通百姓勇往直前，军人的牺牲就是一种无私的奉献，而这种奉献也是意味着牺牲。比如牺牲自己的时间，牺牲自己的家庭，牺牲自己的一切。也包括牺牲自己的生命。然而这些牺牲都是在无奈情况下才能选择，真正的打仗是无奈的举动，打仗只有到了忍无可忍时才能打仗。现在是和平时期，哪有那些仗可打，哪有那些矛盾尖锐突出，除非是有人故弄玄虚制造战争，因此提倡打仗只是一种口号，真正的军人是不打仗也会胜利。

让善良的花开放

曹嘉楠

　　一个人可以没有钱财，不可以没有道德；一个人可以没有权力，不可以没有义气；一个人可以没有文化，不可以没有善良；一个人没有的东西可以很多，但不可以没有良心。善良如同一朵鲜花，随时随地开放在人世间，有善良的人心甘情愿为他人服务，没有善良的人即使做出一点贡献也是讨价还价。因此提倡善良，提倡责任，让善良的鲜花开放，让人世间多一点温暖。

　　其实任何人都有善良，人之初，性本善，只是他们没有用到正经地方。当官的不为百姓着想，每天贪污受贿还不够，还需要欺骗上面，造成国家利益损失严重。经商的随意涨价，有时还需要弄虚作假坑害百姓，什么有毒的添加剂也敢往食品里放。还有那些骗子，都在以各式各样手段对付百姓，这些人让他们善良怎么可能呢？为了钱财，他们不惜任何手段，将善良的花朵摧残了。也许这是一个时代的悲哀，或者说是一个社会的悲哀，如果社会到了这步田地，善良之花即使开放又有何用？

　　在钱财面前，不能不看到现在的人是什么样的心态，他们每天在想什么。不要以为人世间纯洁无瑕，有时在利益面前他们是最见异思迁的，即使在亲人面前也是如此。改革开放后，为什么出现很多家庭围绕钱财方面的矛盾和问题出现纠纷，为什么亲人之间会出现各式各样的纠纷，重要的原因就是他们心里只有钱财没有亲情，更没有国家和民族利益，因此才造成亲情分裂。一个家庭出现亲情分裂，重要的原因是社会公德下降，然而更重要的是缺少善良，如果连家庭亲戚之间都没有善良，这个社会公德能不下降吗？改革开放，社会变革，搞活经济，这些新词汇已经影响了很多人的思想感情，如果不加引导有可能成为改革开放的阻力。人世间还需要温暖吗？还需要善良吗？其实，这些善良与温暖人世间是最需要的，只是现在的人似乎不想提善良和温暖了，每人心安理得谈钱财。由此可见，在个别人的眼里钱财真的比善良重要，自私比温暖重要，利益比国家重要，至于生命与责任则是另一方面问题了。

只要这个社会还需要善良就会涌现善良，如果一个国家不需要善良这个社会就危机四伏了。中国的未来朝何处发展，是继续搞活经济，还是有步骤地调节一下眼花缭乱的社会变革，都与善良有关系，都有与责任有关系。家庭需要善良，国家也需要善良，亲人需要善良，朋友也需要善良，有善良才能有一切，如果没有善良这个社会真的危在旦夕了。这不是危言耸听，是事实情况摆在眼前，是要善良还是要分裂，是要责任还是要胡作非为，何去何从就看如何把握了。一个人不能没有善良，一个国家也不能没有善良，一个家庭更不可能没有善良，甚至全世界都不可能没有善良，如果没有善良人世间就失去了意义。我经常看见有人为钱财搞争夺战，也经常看见个别家庭为钱财而大打出手，难道这些人真的不知道什么是善良吗？不是不知道，是他们不愿意善良，因为他们善良了他们朝三暮四想要的钱财就会得不到，由此可见，让善良的花开放，就要在钱财方面达成公平。

犁出冬天的温暖

曹嘉楠

　　犁出冬天，犁出温暖，让浑圆的太阳翻晒五谷丰登的场院，让春天的种子点缀秋高气爽的平原，让理想的黄金时代开满鲜花，如同一粒爆响的黄豆，从壳里涌出，跳动着一串惊喜，还有成熟的季节。当寒流袭击地球时，全世界都处在一种惊慌之中，这时的人类才知道大自然是多么不通情理，肆意寒风就将人的生命冰冻，同时冰冻的还有数不清的动物生命。如果没有这一刻的寒流，全世界何必要在困境中生存，何必要在艰难险阻中取胜。当寒流袭击生命时，第一个反应就是抓紧逃避，隐藏自己。

　　犁出冬天，犁出温暖，让墨绿的森林洒脱，让希望的涛声扬眉吐气，让线条鲜明的土地跳动，让数不清的原野伸展丰厚的腰，连波澜壮阔的河流也是顺水推舟，将夜晚的船帆启动。当一切注定不可动摇时，我忽然感受到潮流的温暖，这是绿色的温暖，是人世间的温暖，也许只有人世间才能具有这样的温暖。于是我为温暖感动，为人类感动，也为生命感动。

　　犁出冬天，犁出温暖，让寒冷从此不再发生，让冰雪从此不再冻结，让一切冷嘲热讽没有温度，唯独那些老犁还在农夫手下翻卷着记忆。当环境污染时，人类的第一印象就是保护自己，保护家庭，与此同时，也是保护国家。谁也避免不了寒流的袭击，当寒流来临时，重要的不是自己逃避，而是要考虑寒流袭击的其他生命，不能眼睁睁看着生命消失。

犁出冬天，犁出温暖，让深邃的思想穿透坚利的冰层，让憧憬的心化为刀锋，让如醉的情感成为闪光灯，在阳光灿烂的田地收获幸福和爱情。当寒流肆意时，所有生命都有一个共同心愿，这就是舍己救人。多么高尚的风格，多么崇高的信仰！这时的人是多么伟大，心甘情愿为生命贡献自己。犁出冬天，犁出温暖，让宇宙多一分安乐，让人生多一分宁静，让所有人心中多一分轻松，让等待的心没有寒流，没有冬天，只有幸福和快乐。犁出冬天，犁出温暖，犁出社会变革的未来。

震不垮的民族心

曹嘉楠

5月12日这一天，是中国最悲伤的日子，所有华夏子孙，都在谈论一个话题。四川省汶川大地震，带来一个惊人消息，8级地震强烈冲击着所有中国人痛苦的心。数不清的泪水流成河，同情的胸腔更加疼痛，是什么让中国发生地震，为什么如此肆意和强烈？当中国人还没明白时，无情的地震已经来了，来得迅雷不及掩耳，来得惊天动地。山崖倒塌泥石滚滚，大地裂变路堵桥断，整个四川出现灾情，多少市县房倒屋塌。孩子成为孤儿，老人落下伤残，在家的未能幸免，正在工作的遭遇危险。即使在野外干活的，也被泥石流埋没，几万条生命倏然而去，数不清的人无家可归。所有人忘不了这一刻，他们从此没了家园。

谁家没有兄弟姐妹，谁家没有老人孩子，面对如此灾难，哪个不是泪水横流。在强烈的地震中，最凄惨的是学校，孩子们正在上课，他们口中念着课文，心里憧憬着理想，幻想着自己长大了，也做国家的主人。恰巧这时发生地震，美好理想随着教室倒塌而倒塌，一座学校如此，一座县城也如此，大地震使人惊慌失措，仅仅几秒钟就毁灭无数生命。有的母女失散了，有的父子失散了，短短一刻钟的分离，如同失散几年几十年。有的失散还能找到，有的失散成为永远，大地震让中国人震惊，大地震让中国人落泪，大地震让中国人感动，大地震让中国人振兴。这不是词不达意的重叠，也不是好高骛远，这是一种可贵的精神，更是一种坚强的力量，此时此刻谁的心不在狂跳，担心深埋在废墟里的同胞，谁的心不在悲愤担忧，忧虑生死相依的亲人。

地震来得太突然，受灾最重是学校，学生都在上课，墙体忽然发生摇晃。一个老师叫喊着："什么都不要拿，快走快走快走！"学生被吓坏了，老师仍旧叫喊："快快离开呀孩子们！"房子开始倒塌砖石滚落，眼前黄烟滚滚灰尘骤下，动作慢的同学被堵，在此万分危急之际，老师迅速伸出双臂，牢牢护住他的学生。当救援的人赶到时，发现老师已经牺牲，在他的双臂下，支撑着一方宝贵的天。四个学生安然无恙，幸运地躲过死亡关，像这样的老师有许多，他们用生命谱写凯歌。孩子是祖国的花朵，教师更是社会柱石，如果不是地震，老师和学生是多么亲近。记住他们的名字吧，他们都叫可爱的老师。中国人面对生死，总有一种忘我的超越，就是这种超越，让人看到了坚强。成人如此孩子也如此，他们的表现惊人地镇定，有的同学离开人世前，曾经动情地说他没有离去，如果有人看见夜空的星星，那最亮的一颗就是他。他在天上看着人间，他在天上看着美丽家园，他抒满腔情感汇成一束目光，看着父母也看着亲人。听说这个故事后，不知为什么，我久久没有说话，我在思索，学生说过的话。也许他真的没有离开，这就是中国人说的

男孩最喜爱的哲理美文

话，这就是中华民族的骄傲，中国努力中国加油。这可不是简单的豪言，九泉之下的同胞，也会欣然颔首。可恨的地震，造成新的蜀道之难，可恨的地震，毁坏了多少家园。就是这个难忘时刻，带给中国最黑暗记忆，就是这个黑暗记忆，带给世界空前震惊。这是中国最具破坏性的灾难，这是世界最大的强烈地震，如此凄惨的情境，几乎让所有人落泪。可恨的地震，中国人咒你一千次，咒你一万次，也难抚平心中的伤痛。为了纪念遇难者，国家举行了哀悼日，这是中国从来没有的事，也是举世瞩目的大灾难。中国降半旗，外国降半旗，共同的悲痛，把人心聚集在一起。人们默默的吊唁，默默低下高贵的头，为512地震中死难同胞，沉痛默哀三分钟。地震中受灾最大的，莫过于孩子了，当我看见有的同学用受伤的手，写出东山再起时，我的心被震撼了。这原本是成年人的事，现在成了他们的座右铭，这是什么精神，又是什么力量。可恨的地震，挫败着生命的自尊，可恨的地震，显示着自然的威力。可是地震并没有吓倒一个大写的民族，地震中涌现着希望，灾难里成长着坚强。一个孩子跨越了生死线，一脚门里一脚门外，地震将她分割两半，她将生的希望给了同学，却将死的危险留给自己。一个学生被人救起，他说不要管我，快救下一个，我的身下还有同学。这是什么精神，又是什么力量？

越来越揪心的画面，震撼着所有人的心，来自四面八方的记者，拍摄了一幅幅惊心镜头。一个孩子，被人从废墟里救出来时，他又去找其他同学，连续救出几个同学后，他累昏过去。当他醒来时，有人问他这是为什么，他只简单地说，我是班长。是的，当了班长就要救同学，当了班长就意味着责任，可是也有疑问，谁说当班长必须要救同学？他毕竟还是孩子，灾难让学生成长，灾难催促生命早熟。也许不是灾难，此时此刻，他们躲在家里，朝父母撒娇要可乐。地震给孩子带来灾难，也给孩子带来成长。还有一个小男孩，父母都在外打工，当地震来了时，他没有惊慌，迅速背着妹妹，从山坡上走下。路上危险袭来，灾民心里慌张，他才11岁，却如此镇定。仅有的吃物给了妹妹，背上的沉重全然不顾，幸而遇上解放军，把他们从灾难中救起。一个记者为他拍了照，数不清的人为此叹息，小男孩担负了在外打工的父母的责任。假如不是地震，小男孩何必这样，假如不是地震，孩子本是欢乐的模样。可恨的地震，让孩子过早承担了苦难，可恨的地震，让欢乐距离孩子太远。当人们静静默哀时，每个人心里都非常难受，他们说什么也不相信，一个个鲜艳的生命，就这样在地震中丧失。中学生也好，小学生也罢，老年人也好，中年人也罢，生命如此脆弱，怎能不撼人心弦。生命在此显示，可曾预示未来？当生命即将结束，还有人唱出绝响。情侣悄悄地说，亲爱的，我还在；夫妻鼓励地说，相信我，我还在；陌生的人说，你可要挺住啊。面对此情此景，祖国在哭泣；面对无奈的危难，亲人在哭泣。谁能想到笑了几十年的中国，迎来了最悲痛的哭泣，笑了几十年的人，忽然没了歌声。当人们默哀的时候，有谁还会说，亲爱的，我还在。

在一些人眼里，默哀不过是一种形式，在一些人眼里，三分钟算什么。可是你知道吗，当地震来时，多少人命丧于此，多少人就差这三分钟。三分钟如此宝贵，宝贵得能救出一个伤员；三分钟如此奇缺，奇缺得能抢救一条生命。在抢险人眼里，三分钟如此短暂；在遇险人心中，三分钟又如此漫长。就是这三分钟造成人生三大不幸，老年丧子，少年丧父，中年丧偶。一个又一个丧字，敲击着中国人的心灵。谁能想到就是三分钟，将四川土地毁成碎石，一场地震突然袭击，整个天地在颤抖，无情的冲击波啊，一瞬间毁了山河，毁了田地和房屋。造成数不清的堵塞，雨水伴着泪水，余震跟随悲痛，在路旁埋葬的废墟里，到处是等待救援的灾民。

在此关键时刻，胡锦涛主席召开紧急会议，成立中央抗震抢险指挥部，提出救人第一，生命至高无上。当灾区人民困难时，中央送来关怀和帮助，温总理带专家来了，其他领导带慰问品来了。一支支由解放军组成的队伍，带着人民的希望走进灾区，一支支由志愿者组成的抢险队，带着祖国的温暖走进灾区。于是就有了可歌可泣的故事，于是就有了激动人心的壮举，地震

男孩最喜爱的□□美文

毁坏了公路桥梁，山体滑坡断了通讯。灾区成了盲点，抢险队的脚步没有停。灾区情况到底怎样，全国人民心急如焚，这是怎样的较量啊，几乎所有人都在担心，人与自然的较量，融成生命与时间的较量。中央抢时间，省里抢时间，各行各业都在抢时间，整个中国都在抢时间。

救人第一，生命至高无上，焦急的队伍，焦急的心跳。父亲放下碗筷，母亲放下孩子，听得中央一声令下，他们紧急行动奔赴灾区。行进行进行进，车轮载着希望；行进行进行进，车轮载着盼望；行进行进行进，车轮载着渴望。没有路也要走，冒着余震前进，爬山过河趟着雨水，踩着石头泥泞行进。什么都不能想，什么都不敢想，只想快马加鞭，快点快点再快点。早一秒钟到达，就早一秒钟抢救，早一分钟到达，就早一个人被救起。陆军如此，海军如此，空军也如此，解放军展示了威力，仿佛打仗奔赴灾区。为了救人，他们赴汤蹈火，山体滑坡他们走，断桥在前他们走。脚下的泥泞拦不住，滚动的石头阻不断，每个战士心急如焚，恨不得飞过对岸。这就是人民的军队，最可爱人的言行，这就是国家的形象。战士们的勇敢顽强，从打接受抢险的命令，部队就没有停止过前进。哪里有人他们就冲哪里，哪里危险他们就到哪里，为灾区他们贡献自己，为救人他们与时间赛跑。一个老父亲，为了救废墟下的儿子，请来挖掘机，不巧的是机器出现故障，只能到城里去购买机器零件。老人二话不说，抬腿爬上了山路，泥石流碎石头滚滚而下，泥泞的山坡到处是危险，可是老汉就是这样走着。在没有路的山上来回穿梭，硬是从城里买来机器零件。当柴油机没有油时，又是老人挺身而出，一次次经过危险的山路，冒着雨从山外背回柴油。有人劝他放弃吧，如果不放弃连他老命也没有，有人说这样也没用，可是老人信心依旧。老人凭着永不放弃的信念，救回了自己的儿子，留下了一个被人赞扬的传说。

地震中有许多这样故事，老人只是其中的一个，老人的儿子被埋地下，不知上面发生了什么事。坚持一天还可以，坚持两天也行，然而第三天时，就出现了异样。没有吃喝没有希望，黑暗中他是多么盼望光明，这时的一秒钟，代表着希望，这时的一秒钟，就是一粒火种。老汉在救儿子，儿子也在自救，当他喝到自己的尿时，当他吃到一点纸时，当他绝望地看着钟表时，他计算着自己还有多少时间。距离死亡越来越近，屈指可数还有几米，然而就在这时解放军来了，救了他也救了他父亲，假如他当初放弃，就不会有如此幸运。地震发生后，解放军抢险队最先到达，很快发现废墟里的老人。老人没有死，她高兴解放军来救自己，可是她所在位置却在深处，战士们努力无济于事。时间在悄悄流逝，余震仍旧不断发生，如果不能在短时间救出老人，剩下的楼仍旧可能倒塌。危险就在眼前，这时的老人劝战士，不要救她，放弃吧。战士们的动作更加快速，老人忽然做出一个抉择，她在身旁摸到一块碎玻璃，静静割断自己的手腕，鲜血流成一条小河。没有人看见里面有没有鱼，老人慢慢停止呼吸，灾民含着泪水，战士们含着泪水。当救援的战士迅速撤离时，余震再次发生，剩下的楼终于倒了。如果不是老人当机立断，救援战士可能全被埋葬，解放军是来救老人的，老人用生命救了解放军。一个十岁左右的孩子，当他被救出来后，用他受伤的小胳膊，给人敬了一个军礼。这场面被记者拍下来，全世界都赞叹着，在地震发生时有此举动，让人的心为之温暖。久违的微笑如阳光一般，驱散埋在废墟里的阴霾，驱散了寒冷和孤独，迎来一个崭新岁月。大地震夺去了生命，却留下了无比坚强，一个个爱的音节，组成抢险救灾的歌声。闭上眼睛静静听一听，还有没有生命在跳动，还需要说多少话来安慰，用不着了用不着了用不着，生命已经停止血液已经流尽，只有灵魂在四处漂游。同胞们闭上眼睛，让我们好好祈求，为死难的同胞想一想，这一辈子干了什么。想一想自己还需要干什么，是不是只有活着才有意义？救人第一，生命至高无上，然而灾区人也有特点，四川人不服输啊。他们提出口号，靠政府不如靠自己，地震毁二尺家园，栽倒后爬起来就是。天灾给了人困难，地震却震不倒人格，房子倒了精神不能倒，灾难来了心更贴着心。不要笑躲避的朋友们，人人都有求生的愿望，当愿望难以实现时，便出现了一种精神。正如歌里唱的那样，生命温暖

男孩最喜爱的哲理美文

生命，心灵贴近心灵，地震中我们成长。只要是人就有一种同情，只要有爱就会伸手相助，把你的手给我，拉住我的手，让我拉住你的手，你能拽住我的手吗？普普通通的语言，包含着一种力量。一个女人，当她被人救起时，她不是躲避，而是在路旁烧起开水，献给逃难的人喝。她知道灾民需要什么，有记者为她录像，询问她叫什么名字，她不好意思地说，你们不要拍我，我叫灾民，这是应当做的。是的，我叫灾民，多么普通的回答，在这动人的心声里，透着一种乐观向上的信念。一个灾民有如此觉悟，让我们看见可喜现象，人的正义感在增强，团结友爱在发扬。地震没有震垮人的意志，更没有震垮人的心灵，震不垮助人为乐的传统。

一个 12 岁的小姑娘，当救援的队伍找到她时，被埋在废墟里的她，恰巧打着手电看书。有人问她为什么这样，她说是为了避免孤独。是的寒冷饥饿不断袭来，小姑娘又受了伤，胳膊在汩汩流血，没有人知道她在这里。然而她就是凭着志气，在寂静的废墟里读书，救援的人感动泪流，恨不得多生几只手。记者被小姑娘的行为感动，请求画家为小姑娘作画，十几个画家奋战三天三夜，画出一幅废墟下的读书图。当人们看见这幅画时，所有心灵发生了强烈地震，是什么让小姑娘如此读书，是什么让小姑娘胸怀壮志，每一个活着的人，感到遗憾，如果生活中还有艰辛，为什么不想想小姑娘？多么普通的语言，多么激动的场面，灾难没有吓住众乡亲，地震震不倒四川人民。在大灾大难面前，中国人是幸运的，在大灾大难面前，中国人是团结的。在大灾大难面前，中国人是战无不胜的，只有在地震中才能发现，中国的脊梁如铁骨铮铮，摧不毁砸不碎搅不乱。倒下了再爬起来，震不垮的是意志，震不垮的是四川。地震毁坏了家园，我们重建；地震毁坏了山河，我们重修；地震毁坏了家庭，我们重新手拉手。世界上哪有这样的国家，遭受天灾依然昂扬，助人为乐，众志成城，这就是中国人不屈的精神，这就是中国——震不垮的民族。

幸福是自己创造的

曹嘉楠

幸福是自己创造的，这不是口号，更不是想入非非，而是人的实际情况。不要以为自己没有幸福，以为在这个世界上只有自己是最不幸的人，更不要以为如果想要幸福只有他人才能给予，其实这是不对的，幸福是自己创造的。有幸我在这个世界上生存，对人对事了解情况，对社会也有自己的见解，可是在对人的幸福观与世界观上我坚持自己的想法。幸福不是他人给予的，是自己创造的，他人给予的幸福并不一定是真幸福，只有通过自己努力达到的幸福才是真幸福。现在人对幸福的说法各式各样，可是总结一下无非是与钱财有关，钱财越多似乎越幸福，爹妈越有权势越幸福，实际情况并非如此。

有的爹妈有权势可是子女真不争气，不是犯错误就是缺少什么，不是犯罪就是被人嘲笑。那些有钱财的富二代更是被人嘲笑的对象，在社会中哪有他们的一席之地，有的只是被社会公德的谴责的人。他们有钱财，有权势，最后没有愉快，没有幸福。父母恨铁不成刚，而他们更恨父母，恨不得吃了父母才解恨，这样的子女有愉快吗？这样的生活水平有幸福吗？其实不是我在这里羡慕忌妒恨，实在是个别有权人有钱人对社会缺少认识，对人世间缺少同情，在他们眼里似乎只有钱财没有社会公德。由此可见，现在的人并不知道什么是幸福，什么是不幸福。有的人身在幸福中不知幸福，有的人四面八方寻找幸福，找来找去也不知道幸福是什么。实际上幸福就是生活，不论是苦难的生活，还是愉快的生活，都有幸福在其中。生活是什么，幸福就是什么，生活给予人什么样，幸福也是给予人什么样，生活与幸福就在其中，二者相辅相成。有人到处花钱找幸福，实际上他们是找不到的，因为他们永远不知道什么是幸福。亲情是幸福，可惜他们并没注意亲情，朋友是幸福，可惜他们也没注意朋友们，工作是幸福，可惜他们也没好好工作。在一些人的眼里，幸福似乎与他们无缘，可是在另外一些人眼里幸福与他们有缘，随时随地都有幸福。为什么有人有幸福，有人没幸福，重要的原因之一就是创造。幸福是自己创造的，不是寻找的，即使找到了幸福谁知道幸福是什么样，都有哪些标准算幸福？

其实我想说的是不要把幸福挂在嘴上，要在具体的生活中实现幸福，只要认为自己做的对，生活愉快就是幸福。数不清的人都把幸福挂在嘴上，在他们看来幸福是从天上掉下来的，只要每天说上一百遍就会有幸福降临，真会如此吗？用不着有答案，每个人心明眼亮，哪个人没有判断能力，哪个人没有自己的把握，只是有时人们并不知道自己的幸福在哪里，其实就在自己的生活里。只要珍惜幸福，遇事稳如泰山，没有谁能把握自己的生活，更没有谁能阻碍自己的生活，这样的日子幸福能没有吗？

我的中国心，你有吗

曹嘉楠

　　春晚有一首歌叫《我的中国心》，据说这歌已经有 30 年历史了，当年张明敏演唱时还没我，想不到时隔 30 年后我来了，而且一出世就听到了这首歌。听父辈人说，这首歌当年唱得很红，张明敏也因此成为内地最受欢迎的港澳歌手。说实话这首歌很好，至今听后感受深刻，如果是一个外地人，或在外国生活或工作的人，他们会如何看这首歌呢？实际上个别人是中国人，可是他们没有中国心，他们所做的每一件事都有外国人的色彩，甚至帮助外国人做事糟蹋中国，这样的人是中国人有中国心吗？

　　据说每年都有很多人去外国留学，或在外国工作，如果是他们为国利益着想另当别论，问题是他们一到外国就发生变化了。有的人嘲笑中国，有的人大骂中国，好像他们不是中国人，是外国人，因此对中国冷嘲热讽。实际上他们都是中国人，也有中国心，只不过他们被现象迷住了眼睛，看不起自己的国家，看不起中国人了。然而就是这些人中仍旧有一些人爱中国，迫在眉睫返回中国，实现叶落归根。面对这些现象，我们这些年轻人的心也是红色的，也是爱国主义精神强烈，更有一颗中国心。我的中国心不是一般普通的心，代表着数不清的年轻人的共同心愿，表面看是个别的，实际上并非个别，具有普遍性。比如我们这些年轻人，平时并没把国家当回事，也没什么

男孩最喜爱的[哲理]美文

中国心，可是听了这首歌后心里忽然产生想法，中国真的很伟大，我心里也开始有了中国心。

然而我想说的是，一个人不论怎么爱国也不可能将自己所有的东西都贡献给国家，毕竟还有一点私心杂念。生活是什么样，生命又是什么样，在这一点上很多年轻人并不理解，他们以为生命是国家的，贡献也是国家的，实际上生命与生活还需要一定的距离。爱国主义是中国心，爱护国家也是中国心，爱护家庭也是中国心和表现，没有家庭哪能有国家呢？中国心是什么样呢？不仅仅是大道理，不仅仅是贡献，有时微不足道的小事也是可能看出心是什么样，说不清的东西不如不说，关键是做。有时候我在想自己做了什么可以说是中国心，有没有贡献，有没有力量，有没有趾高气扬，有没有扬眉吐气，其实都有。我想说的是，不要唱高调，要有一说一，有二说二。唱高调的人最后是最低调的，吹毛求疵的人最后也是瞎胡闹，做人能做这样的人吗？

现在我要问了，我的中国心你有吗？如果说你有此时在哪里？如果说没有你此时又在哪里？我的中国心是不是你的心？

分一点爱心给自己

曹嘉楠

　　老一辈的人都喜欢把自己的爱心给别人，可是我想劝告朋友们把爱心给自己，哪怕给自己一点点爱心也是可以的。一个人不可能一辈子爱憎分明，也有爱莫能助的时候，当然年轻人是最懂爱的，也许有人说年轻人懂什么爱呀？其实不是年轻人不懂爱，是因为年轻人爱得深，他们每天爱自己也爱他人，在这充满爱的世界里他们想干什么还需要老一辈人的帮助。我想声明的是，分一点爱心给自己不是自私自利，而是一种高尚的行为。有爱是好事，可是爱要用在正经地方，给他人，也要给自己。

　　在我的人生路途上，有一首歌让我唱了很久，至今都有一定的含金量。早晨醒来是一首歌，晚上睡觉时又是一首歌，可是没有一首是唱给自己的，哪怕唱一半也可以。我不知道人类为什么会唱歌，如果调查一下动物是否也会唱歌？人是有语言的，唱歌也是有意义的，动物是没有语言的，唱歌没有任何意义，可是人唱歌受欢迎，动物唱歌谁欢迎它们呢？分一点爱心给自己就是针对人的，如果让动物也分一点爱心给自己，它们能做到吗？动物是做不到的，真正做到的只有人类，只有会说话的人。不是在此强词夺理，实在是有些事逼上梁山，不得不说明白。现实生活中，人与动物是有区别的，人的生存是靠争取得来的，动物的生存是靠争夺得来的，二者是不一样的。如

男孩最喜爱的哲理美文

果说一样，只是唱歌一样，吃饭一样，喝水一样，可是用嘴的家伙不一样。

如果有人研究动物世界，不难看出人类社会是多么美好，动物世界是多么愚蠢无知，可是有时人类社会还不如动物世界。因为人的过于玩弄聪明才智，过于搞阴谋诡计，凡事都有争夺战，因此人与动物相比有时不如动物，这就是差别。人与动物的差别是人比动物聪明，真正生存起来动物比人聪明，谁看见哪个动物因为吃不到东西饿死了，而人的确有饿死的。如果说动物世界的美好是它们有爱心，关心自己的小动物，人类社会就显得差一点，面对困难时没有谁真正帮助哪个困难的人，只有冷嘲热讽。每当夜晚来临时我都在想，人类社会为什么不如动物社会，是人不如动物，还是动物比人类高明呢？由此可见，分一点爱心给自己，是人的本性，也是动物的本性。在人与动物之间，能够区别人与动物的只有本性，而本性又是什么呢？

动物的本性不说了，人的本性是什么呢？人类的本性是不是爱心呢？分一点爱心给自己是不是本性呢？

伤害一个人很容易

柴秀文

最近网络流行一首歌曲《伤不起》，这首歌词很特殊，听了让人回味无穷。比如一开始就是："伤不起，伤不起……伤你伤你伤你个昏天黑地……"这首歌是一个女孩子唱的，唱得浪花飞翔，唱得清脆可人，也唱得人心里涌现各式各样的感受。是啊，一个人是伤不起的，不论哪个都伤不起。我经常劝告朋友们不要轻易伤害人，伤害一个人很容易，有时一句话就把人伤害了。不是每一个人都有伤害，有时不是真心想伤害一个人，实在是生活中存在的问题让人不得不说，不得不对当事人提出来，可是提出来有可能就是一种伤害。他不服，对自己犯错误不认识，提醒他注意这就是伤害。而且这种人极有可能产生过激行为，结果造成更严重的伤害，心灵伤害。人与人生活在一起，因为工作关系，或亲戚关系聚集，于是产生矛盾，产生问题，能解决的更好，解决不了的有可能就是伤害。涉及利益，涉及前途，涉及分配，涉及友好往来，都有各式各样的伤害，而这些伤害恰巧就是一种心灵伤害。为什么有人总是伤害他人呢？重要的原因就是他们不懂得与人为善，不懂得如何与人交际，因此在生活中才有伤害他人的现象。如果人能成熟一点，为人处世有些高姿态，说话和颜悦色，办事周到，还有人伤害自己吗？实际上所谓伤害就是对人的不负责任，不尊敬。

　　提起不负责任的事数不清，有一个领导者曾经答应给员工涨工资，可是他说话不算数最后被员工告上法庭，实际上这就是伤害。有一个企业家，他曾帮助员工做好事，可是他对女员工动手动脚，结果也被员工告上法庭，实际上这又是一种伤害。其实生活中受伤害的人数不清，领导伤害下属，企业家伤害员工，男人伤害女人，女人伤害男人，同事伤害同事，数不清的人数不清的伤害。如果这些伤害放在一个人身上可以将一个人折腾死，如果这些伤害不及时处理有可能会引起后患，甚至是痛心疾首。为什么有人要伤害别人，为什么被伤害的人要忍气吞声，为什么伤害人的人往往最容易被伤害，结果他们被伤害越重他们也伤害别人。在这里有两个问题，一是为什么要伤害他人，二是为什么要受伤害。伤害他人的人是因为自己的利益受到影响，转过来伤害他人，被伤害的人是因为他们是弱势群体，是没办法扭亏为盈的一个弱者，因此在生活中他们经常被伤害。在伤害与被伤害之间，我是同情被伤害者，毕竟他们是弱不禁风的小人物，他们有可能一辈子也不可能兴旺发达，因此我同情他们。然而另一方面我也是有感受的，为什么有人肆意伤害他人，为什么他人被伤害又不反抗，其中原因到底是为什么，这里面有多少秘密。社会不是哪个人的，更不是哪个人说伤害谁就伤害谁，社会是有分工的，不论官员还是平民百姓，伤害谁都是一种犯罪，毕竟人与人之间是平等的。

　　研究伤害与被伤害，不难发现权力对人的伤害最大，其次是爱情。权力管辖人，不管谁对谁错，只要是有权力就有伤害。爱情也是如此，也有伤害人的地方，只要对方一句话就有可能永远伤害了对方，而且伤害的是心灵。不知我这样认为对不对，我是希望人与人之间和平共处，不要有伤害，不要有矛盾，即使有矛盾也不要有伤害，更不要有伤害心灵的事发生。人这一辈子生存不容易，生老病死随时随地都有可能发生，为什么还需要彼此伤害呢，友好往来，和平共处，杜绝伤害不是更好吗？一个地球上的人分成很多国家，又是战争，又是矛盾，已经让人担心了，加上伤害更让人小心翼翼，这样的社会怎能让人安居乐业呢？其实我们有很多事业要做，只要人人都忙碌起来就不可能发生伤害的事了，每人都有事可做，每天心里想的是工作就不可能伤害他人了。

中国需要你这样的

柴秀文

不知你在干什么，然而我想告诉你，中国最需要你这样的。你年轻，有文凭，有才华，有特点，更有个性。可是你没工作，没目标，为此我劝告你要站起来，在人生的苦难中站起来。不要怕困难，不要怕挫折，更不要怕各式各样困境。人的一生要经历很多苦难，不是谁都可以一帆风顺，也不是谁都有万无一失的本领，有时缺点错误也是伴随左右。如果你是小商贩，每天一分一分赚钱，时间久远也会积蓄财富。不要担心自己是小商贩，更不要自己看不起自己，当沸腾如潮的建设来临时，中国需要你这样的。如果你是军人，每天苦练杀敌本领，一身汗水，一身功劳。不要怕没人提拔，只要你苦练杀敌本领能够肩负保卫祖国的重任，迟早有一天中国是需要你这样的。现实世界中，有很多年轻军人复员回到地方，他们没有被提拔，可是中国到处需要他们这样的。

如果你是作家，每天拼命写作，可是又写不出名赚不到钱，甚至被人嘲笑。不要担心不成名，更不必害怕有人嘲笑，只要你坚持写作，迟早有一天

男孩最喜爱的★哲理美文

你会有成果的，因为中国需要你这样的。如果你对社会缺少信心可以从头开始，千万不要造成与朋友们形同陌路，形成陌路的原因就是你在为人处世中没有将自己放在适当位置，换言之，你放错了自己的位置，因此才被人抛弃。如果没有自己的位置，没有谁会把自己交给你，一个连位置都搞不清的人怎能让他人相信呢？一个连责任都没有的人怎能让其他人相信呢？在社会生活中，有困难不要紧，出现问题和矛盾也不要紧，大不了从头再来，只要坚守自己的信念，什么样困难也是可以度过的。当然我也要劝告你，不要以为自己是最了不起的人，地球上没有你照常转，社会没有你并不觉得少什么。在社会的长河中，你只是一个微不足道的分子，连分母都算不上。然而只要你孜孜不倦的努力，只要你具有责任感有信仰，中国就是需要你这样的。

即将过去的一年充满民生，即将来临的一年也充满民生，可是民生在哪里，民意在哪里，领导干部如何做才能达到民意。其实中国人尚未认识到自己的国家有多美，很多人一有钱就朝外国跑，实际上他们不知道跑到外国有什么好处。有人说到美国找美元，可是我说在中国遍地是金子，在中国到处可以拾金子，为什么要跑到外国去找美元，不在中国拾金子呢？

帮助他人改变自己

柴秀文

帮助他人的成功而改变自己是值得的，也是让人敬佩的。问题是我们有多大胸怀去帮助他人，有多大胸怀去改变自己，有时被帮助的人性格差别太大，经常弄得人不知所以，因此帮助他人就要随时随地改变自己，让自己适应被帮助的人。在这里我想强调的是，帮助不是无原则的，而是被帮助的人有可能做出贡献，为了他成功而帮助，为了他贡献而改变自己。

在我们的周围，经常聚集这样一伙有才能的人，他们每天面对各式各样的困难仍在孜孜不倦追求着理想，追求着信念。没有谁退下来，没有谁见风使舵，更没有谁把自己吹得天花乱坠，每天默默无闻工作着努力着，而我们想方设法帮助的就是这样的一伙人。他们是社会变革的人才，他们具有别人没有的聪明才智，如果把他们帮助成功必将推陈出新，必将在全世界起着巨大作用。然而现实中他们如同宝石一样被隐藏着，如同金子一样尚未发光，尚未被人认可，因此他们面对的困难数不清。人才有时是一个弱势群体，个别人已经到了弱不禁风的地步，如果让他们得天独厚必须帮助他们摆脱困境，摆脱社会关系的控制。

一直以来，我为人才寻找关系，希望帮助找到一个适合他们成长的地方，哪怕安排他们一个工作单位也是心甘情愿。可是因为年龄，体制，集

男孩最喜爱的★哲理美文

体，国营，事业等各式各样的困难和借口，最后造成这些人流浪在外，加入不了正常的轨道上来。实际上这只是借口，只是推迟，只是阻碍，现实社会没有什么不能改变，也没有谁能阻碍得了。一个人才如何利用，还需要我说长道短吗？还需要我去求这些人吗？哪个人不明白，哪个人不理解，哪个人没有各式各样的借口，实际上就是差点儿什么。当然差点儿什么我不说有人也明白，谁也不是糊涂虫，心照不宣罢了。问题是人才没单位，没地方施展，这是涉及国家的大事，涉及个人的大事。一个作家写了几十年没有工作，一个记者写出很多文章没人欣赏，这是个人的事吗？这是原则的事吗？这是寻找各式各样借口的事吗？作家六十岁以后就不能调动工作单位吗？如果他们像巴金一样也活一百多岁怎么样，难道要把他们拽回到以前吗？我的抱怨不是年龄问题，是观念问题，为什么非要限制在年龄上，为什么企业不能到机关不能到事业单位，重要的原因就是观念缺少变化。

作为一个地区报刊负责人，我是希望有人找到称职的工作，找到一个展示自己的机会，而我也心甘情愿为他们找到服务的好环境。作为一定级别的领导者，我知道自己的责任在哪里，只要有希望在，我就想方设法帮助他们，哪怕改变自己也在所不惜。

醉人的花香

柴秀文

当轿车轻轻掠过路旁的花坛时，我忽然闻到一种花香，这种花香不是很大，但很特别。这里为什么有这种花香？为什么跟我以前闻到的花香一样？我在此瞬间回顾着。不是我对花敏感，也不是我对花喜欢，而是有一种花香让我难忘。眼前这段路，这股花香真的让我想到了什么，我请司机把轿车倒回去，我不是闻花香，而是想看看这段路是否还有我熟悉的人。果然，在这段路的尽头，有一个人站在那里摆弄花朵，我下了车，轻轻走过去，一边走一边努力闻着花香。这时我已经看清前面的人是谁了……

他是我的一个朋友，是一个养蜂人，我也曾经多次吃过他送给我的蜂蜜。现在他在这里真的吸引了我，如果不是以前的花香哪能有机会与他见面，为此我庆幸与他有缘。他以前是一个穷光蛋，除了家用电器手电筒外他几乎什么也没有，如果不是养蜂赚钱他现在也是穷人一样。当然他是因为碰到了我，碰到我帮助他获取养蜂的机会，他的日子才有了转机，有了富裕。其实类似他这样的人在我周围数不清，每天都有很多记者写出的消息，外出时也经常看见路边的养蜂人，他们辛苦劳动让人感动。我就是因为感动才帮助了他，并尝到了他们酿制的蜂蜜，就是这特殊性的蜂蜜吸引我闻到了香味，使我迫不及待停车寻找。

男孩最喜爱的一生要读美文

有关蜜蜂的故事我听到很多，最让人吃惊的是非洲蜂，它们也叫杀人蜂。通常情况下，可以将人蛰死，如果有人被蜜蜂蛰了一次没关系，如果有人被蜜蜂蛰了五百次以上生命就危险了。非洲的杀人蜂有很多传奇故事，而且生命力强大，一般人类对它们是无可奈何的，即使有人想将它们赶走也是无济于事。非洲的杀人蜂还有一种特殊性武器，这就是它们可以采集大量的花粉，配制各式各样的蜂蜜，不过它们也有弱点，就是不分敌我。有时外来的蜜蜂潜伏在自己的蜂群中，它们不知道，最后整个蜂群都崩溃。非洲蜂有特点，中国蜂也有特殊性，眼前的养蜂人就是例子。看见我时他很激动，这是第二次见面，第一次见面是在三年前，没想到三年后我们再次见面。这一次他比三年前富裕多了，他有自己的车辆，雇用七八个民工，规模比三年前大几倍，赚的钱当然也是很多了，而且投了房地产。听着他的汇报，我兴奋得眼睛放光，如果所有人都有这种劲头，与未来的宣扬之路并驾齐驱，肯定会有一个更大发展。我在蜂园里走着，欣赏这座美丽的蜂园，实际上我是在欣赏蜂园里的主人，欣赏他们的勤奋。我是一个好感动的人，尤其是听了他们的传奇故事更让我觉得这就是一种事业，小小养蜂人也可以成为大老板，不论在今天还是在明天都有人写出文章歌颂他们。闻着醉人的花香，徜徉在美丽的蜂园里，欣赏勤勤恳恳的劳动者，我的脑海忽然涌现这样一种画面。当所有的中国老百姓都有好日子过时，幸福距离他们还远吗？是的，想象归想象，劳动归劳动，中国自古以来就有一句话，不劳动者不得食。

生命的感动

柴秀文

作为记者每天接触的人都有很多，听到的让人感动的故事也有很多，可是真正让生命受到感动的似乎少些。不是没感动，而是希望感动多一些，感动深一些，感动得惊天动地最好。可是到哪里寻找感动的故事呢？有经验的人说挖掘心灵，挖掘社会中潜伏的希望，可是说容易，做起来艰难。有的经验可挖，有的社会实践可以歌颂，甚至有的人也可以宣传，可是真正的感动寥若晨星。为了让生命感动，我们在寻找，我们在努力，我们发动了广泛的社会力量，努力搜索那些让人感动的先进事迹。幸而英雄还在，正义还在，沸腾火红的生活还在，感动心灵的故事也是应有尽有，为此很多记者的笔下出现了一些人物，他们写出了感动人心的文章。

其实在周围有很多生命都有感动，只是平时并没注意，造成一种缺少感动的现象。在这里有必要让人知道和了解生命是什么，感动又是什么，只有知道生命是什么，感动又是什么才能让人知道生命存在的意义。众所周知，生命是每个人都有的，包括动物也是拥有生命的。可是感情不一样，感动不一样，只有人才有感情，只有人才有感动，这是区别人与动物的显著标志。换言之，人是有感情的，有生命未必有感情，有感情未必有感动。仔细观察在自己周围有哪些感动的生命，动物有没有，植物有没有。它们都有生命，可是它们没有感情，没有思想，更没有人类特殊性的语言，因此生命的感动只有人类才能拥有。

对人而言生命的感动是个体的，对社会而言生命的感动是广泛的，由个体到社会，生命的感动随时随地存在着。实际上仔细观察动物也有感动，只不过它们的感动没有人类明显，人的聪明才智包括人的情感，而动物的聪明才智只有以吃为主的善恶。动物对生命的感动是以哪个伤害它们，哪个不伤害它们来区别，而人对生命的感动是哪个帮助他们，哪个给予他们安慰。不是所有人都有感动，只有当他们遇到困难时被人帮助后才能有感动，人与人之间，生命与生命之间，感动是存在的，也是有限的。得到的帮助越大越让人感动，为什么有人朋友多，有人朋友少，这是跟他们的个性分不开的，朋友越多得到帮助越大。有些事看外表是帮助，是少数朋友所为，其实帮助也是一种境界，看见有人困难伸手帮助，被帮助者心存感动。有时帮助并不仅仅是钱财，有时一句关心的话温暖被帮助者的心灵，这也是帮助，有时给被帮助者指点迷津使他们在困惑中站起来，这也是帮助。因为有了帮助才有感动，有感动才能推动社会朝前发展，这是人类最美好的事，没有帮助，没有感动，哪能有生命的感动呢？

生命的感动是人类情感的正常需要，人有感动是好事，说明人与动物的确不同。只是这种感动还需要注意，不是所有人的感动都是正确的，也有错误的感动，当获取感动时要注意这种感动是在什么样的情况下得到的，警惕一下是有好处的。